책이 전해주는 즐거움

책이 전해주는 즐거움

조영자

새미

머리말

독서의 중요성과 즐거움에 대한 글과 명언은 많다. 영국의 철학자 베이컨은 독서는 완전한 사람을 만든다고 했다. 미국의 전 백악관 홍보국장 부카난은 책 속에는 온갖 시대의 온갖 사람들의 지혜가 흘러나오는 샘이 있으며, 과거에 관한 지식을 얻는 것은 현재와 미래에 대한 지혜를 얻는 것이라고 했다.

날로 치열해지는 각종 경쟁과 소셜미디어(SNS)의 영향으로 젊은 시대는 마음의 안정과 여유가 없다. 바쁜 가운데서도 고요함을 갖기 위해 하루에 30분 정도라도 핸드폰에서 눈을 돌려 독서하면 어떨까. 그런 의미에서 필자는 이번 졸저에도 고전 명저들을 추천한다.

필자는 올해 회혼(回婚)을 맞이했다. 그간 정신적 지주가 되어준 남편과 효성스러운 자식들에게 고마움을 전한다. 손주가 여섯 명인데 다들 각자 분야에서 학문에 전력 질주하는 모습을 지켜보며 국가에 이바지하는 인재들이 되어주길 바란다.

책을 읽지 않는 시대에 번번이 졸저를 출판해 주신『국학 자료원』정구형 대표님께 진심으로 고마움을 표하며 편집부에도 감사함을 드린다.

2024년 겨울에
여의나루 淸心齋에서
조영자

차례

머리말   4

---

^{1부} 고전에서 배우는 지혜

---

1. 자연을 사랑하는 실천적 삶   14

2. 아리스토텔레스의 정신적 유산   29

3. 페르시아 원정과 알렉산더 대왕   40

4. 영국의 여성 인권 고발문학의 정수(正秀)   45

5. 여성 예술가들의 결정적 습관들   54

6. 어린이 동화집(Nursery Rhyme)   63

7. 상대방의 마음을 사로잡는 방법   71

2부 자신을 위한 자유로운 시간

1. 젊었을 때 애송했던 영어 명연설문　　　　　　84

2. 어느 목사님의 신앙고백　　　　　　　　　　94

3. 2차 대전과 홀로코스트(Holocaust)　　　　104

4. 세계를 바꾼 60인의 성장 일기　　　　　　112

5. 천재들의 예술적 영감과 조울증　　　　　　126

6. 지구촌의 문화예술에 관한 대화　　　　　　131

7. 통계수치에 속지 않기를…　　　　　　　　141

3부 돌아보는 우리 역사의 갈피

1. 나라 없는 설움은 못 참는다!   152

2. 우리도 하면 된다!   168

3. 윤봉길 의사의 유훈(遺訓)   177

4. 독립투사 저항 시인(詩人)   183

5. 우리 역사에 뛰어난 여성 인물들   190

6. 교육개혁 운동과 민족개조론(民族改造論)   200

7. 사랑이 있는 고생이 행복이었다!   209

4부 삶의 좌판(坐板)과 생각의 정리

1. 인생의 마지막 설계   220

2. 불확실하고 끝은 보이지 않는 더 큰 도전…   230

3. 명문대학 지향과 행복과의 관계   236

4. 한국문협 임원 선거 출마예정자 작품들   242

5. 즐겨 부르는 노래 애창곡(愛唱曲)   248

6. 인공지능(AI)과 챗GPT   252

7. 달과 화성(火星 · Mars)에 인간이 살 수 있을까?   264

1부

고전에서 배우는 지혜

고전에서 배우는 지혜

　세상을 살아가는데 마음의 눈을 넓히고 자연과 진리를 바르게 해석하는 혜안(慧眼)을 얻는데 독서만큼 효율적인 방법이 또 있을까? 위인들의 경험과 사상은 시공을 초월하여 현시대에도 적용할 수 있는 지식과 깨달음을 준다. 고전을 읽는 특혜이다.

　영국 작가 헉슬리(Aldous Huxley)는 인간성은 변하지 않으며, 인간의 감정이나 본능뿐만 아니라 지성이나 상상력은 아무리 오랜 옛날이라도 바로 현재 그대로 있는 것이다. 가장 오래된 예술이나 문학 견본은 오늘날에도 모두 이해할 수 있으며, 탁월한 예술적 우수성을 인정할 수 있다고 했는데 필자도 동감한다.

　필자는 지난번 졸저에도 같은 말을 했다. 1950, 60년대에는 중·고등학생의 생일이나 졸업식 때는 기념 축하로 책을 선물했다. 그 시절에는 여가 선용으로 독서를 많이 하였다. 아날로그 시대의 향수 중 하나이다. 가난한 시대를 살았어도 정서적 안정과 여유는 있었다.

　요즘은 초등학생부터 연세 높으신 분들까지 어디에서나 스마트폰에 집중함을 본다. 우리 국민은 디지털 혁신과 물질적 풍요로 장수 시대를 누리고 있다. 그러나 청소년들은 소셜 네트워크 서비스(SNS)의 영향으로 정서적 불안과 중독 증상까지 있다고 한다. 청소년들의 마음 성장을 위해 지나친 핸드폰 사용과 SNS에의 의존성을 규제할 필요가 있다.

러시아의 소설가 톨스토이(Lev Tolstoy)는 독서하기 위해 시간을 내라. 지혜의 원천이 된다. 선현들은 책과 친구는 수가 적고 좋아야 한다고 가르쳐 주었다. 필자는 이번 졸저에도 세계적인 명작들을 소개한다.

1. 자연을 사랑하는 실천적 삶

『내 영혼이 따뜻했던 날들』(The Education of Little Tree)

(Forrest Carter 지음, 조경숙 옮김) (1977. 344쪽)

『내 영혼이 따뜻했던 날』의 저자 포리스트 카터(Forrest Carter, 1925~1979)는 미국 앨라배마주에 살았던 체로키 (Cherokee) 인디언의 후손이다. 이 책은 미국 서점협회 1991년 제1회 '애비 ABBY'상 수상작이며,『뉴욕타임스』베스트 목록에 올랐다. 필자는 이 책의 내용이 신비롭고 아름다워 몰입하여 읽었다. 이번 졸저에 소개한 책 중에서 1권만 추천하라면『내 영혼이 따뜻했던 날들』을 택하겠다. 인간과 자연의 공존 지혜랄까 상생 법칙, 즉 자연을 사랑하고 보호하며 생활하는 모습은 큰 교훈과 깨달음을 준다.

필자의 솔직한 고백이다. '인디언(American Indian)' 하면 '미개인, 거칠고, 야만인' 정도로 인식했다. 이 책을 읽고 난 후부터는 인디언을 사랑하게 되었다. 그토록 마음의 눈을 밝혀준 고전(古典)이다. 손주들에게『내 영혼이 따뜻했던 날들』을 방학 때 읽어보라고 했다.

『내 영혼이 따뜻했던 날들』저자의 어릴 때 이름은 '작은 나무(Little Tree)'였다. 작은 나무는 5살 때 아버지가 돌아가셨고, 1년 만에 어머니도 돌아가셨다. 5살 때부터 9살 때까지 조부모와 산 중턱 통나무집에서 4년간 함께 살았던 유년 시절을 회상하며 쓴 자전적인 글이다. 미국 원주민의 생활을 연구하는 학생들은 이 책이 신비하고 낭만적인 동시에 인디언의 실제 생활에 대한 정확한 기록이란 것을 확인했다고 한다. 이 책은 「작은 고전(古典)」으로 평가받는다.

눈물의 여로(旅路· Trail of Tears, 1838) (p.73~77)

'지난 일을 모르면 앞일도 잘 해낼 수 없다. 과거를 알아두어라. 자기 종족이 어디서 왔는지를 모르면 어디로 가야 할지도 모르는 법'이라며 조부모는 원주민이나 흑인을 차별한 정책에 대하여 말해주었다.

우리나라의 사학자 단재 신채호(申采浩, 1880~1936) 선생이 '역사를 잊은 민족에게 미래는 없다'란 말을 했는데 같은 맥락이다. 지나온 우리의 역사를 후손들에게 가르쳐 주어서 뼈아픈 역사를 되풀이하지 않기 위해 임진왜란 때 영의정이었던 류성룡(柳成龍, 1542~1607)은 『징비록(懲毖錄)』을 써서 남겼다.

미국의 독립전쟁(1775~1783) 결과 1783년 파리조약으로 미국의 독립이 선포된 후 유럽에서 이민 오는 인구가 급증했다.

유럽에서 온 백인들이 삶의 터전을 개척할 때 원주민 인디언을 잔인하게 몰아내고 학살했다.

미국의 앤드루 잭슨(Andrew Jackson) 대통령은 인종차별주의자였다. 그는 1830년에 원주민 이주법(Indian Removal Act)을 제정하고, 미국의 애팔래치아산맥 동남부에 있던 체로키 인디언을 미시시피강 서쪽으로 몰아붙였다. 1만 4천여 명이 강제 이주할 때 4천여 명 가량이 죽었다. 그 과정이 얼마나 처참했는지 「눈물의 여로」라고 불렀다. 이때 산속에 숨거나 멀리 달아난 인디언의 후손이 남은 것이다.

인디언의 지혜와 생활 철학

체로키 인디언의 철학은 대지(大地)에서 필요 이상의 것을 택하지 않는 것이다. "꿀벌(honey bee)인 티비들만 자기들이 쓸 것보다 더 많은 꿀을 저장하지. 그러니 곰한테도 빼앗기고 우리 체로키에게 뺏기기도 하지. 책 표지에 강조한 말이다. 인디언들이 자연을 사랑하고 보호하며 생활하는, 자연 친화적인 모습을 투명하게 볼 수 있는 훌륭한 고전이다.

작은 나무의 할아버지(웨일즈)는 생활비를 벌기 위해 언덕배기 작은 밭떼기에서 기른 옥수수로 증류주 위스키(蒸溜酒 · whisky)를 만들었다. 조지 워싱턴(George Washington) 초대 대통령은 주세(酒稅)를 신설했다. 할아버지의 재산이라곤 순 동(銅)으로 만든 증류기 한대뿐이었다. 증류기는 **빽빽**한 월계수와 인동덩굴 속에 깊이 파묻혀 있어서 하늘을 나는 새도 찾아내기 힘들 정도였다. 한 달에 한 번씩 위스키 11갤런(약 42리터)를 만들었다. 산 사람으로서 그 외는 생활비를 벌 방법이 없었다. 옥수수가 유일한 작물이었다. 할아버지는 작은 나무가 6살 때 위스키 만드는 법을 배워두라고 하셨지만 어렵고 힘들어 배울 수 없었다. 할아버지는 이 세상에 복잡하지 않고 쉽고 편한 직업은 없다고 했다.

갑자기 새들이 날아가고, 귀뚜라미가 울음을 그치면!

술 증류시키기는 동안, 새소리, 새들이 날아가고, 나무 귀뚜라미가 울음을 그치면 조심해야 한다. 순사(경찰)나 사람이 오고 있기 때문이다. 약이 없었던 시절, 체로키족은 숲속에서 감기, 뱀, 거미에 물렸을 때나 발에 멍이 들었을 때 위스키 술을 마셨다. 술 냄새가 진동하기 때문에 증류를 끝내고 나면 주변을 말끔히 치우는 일이 무엇보다도 중요한 일이었다.

할아버지가 개를 몇 마리 키우는데 봄과 여름이 되면 사슴, 너구리, 산돼지, 까마귀 같은 짐승들이 옥수수밭에 접근하지 못하도록 망을 본다. 할아버지가 휘파람을 불어 개들을 불러 모았다. 인간이 산과 숲을 손상하지 않고 숲과 더불어 산다면, 숲이 우리를 먹여 살릴 것이다. 산속에서는 노래를 부르거나 휘파람을 불어선 안 된다. 이야기는 상관없다. 산속에서는 보통 말소리라도 멀리까지 들리는 법이다.

인디언 체로키는 누구나 자기만의 비밀 장소를 갖고 있다. 산 어느 한 곳에서 자연을 감상하며 홀로 즐기던 그곳에 죽으면 자신의 무덤을 만들어 달라고 유언했다.

완두콩은 사슴이 좋아했다.

가을에 완두콩(green pea)이 익으면 10리나 떨어진 곳에서도 냄새 맡고 찾아올 정도로 사슴들은 완두콩이라면 사족을 못 썼다. 그중 한 마리를 잡아서 겨울용 고기로 말렸다가 먹곤 했다. 작은 나무 가족은 콩, 오크라(okra, 아욱과 식물), 감자, 순무, 수박, 완두콩 따위를 심었다.

홍관조(紅冠鳥·cardinal) 새는 앵두(cherry) 버찌를 많이 먹고 기절했다.

홍관조는 버찌라면 사족을 못 쓰는데 너무 많이 먹고 기절한 홍관조를 할아버지는 손으로 들어서 나무 구멍 속에 넣어주었다. 다른 짐승들의 밥이 되지 않게 하려고.

팅·탱·팅·소리 나면…, 뭐가? (p. 225)

수박이 얼마나 익었나? 수박을 손으로 두들겨 '팅' 소리가 나면 아직 하나도 익지 않았다. '탱' 소리가 나면 지금 바야흐로 익어가는 중이다. 두들겨 '팅' 소리가 나면 완전히 익은 것이다. (웃음)

히코리 나무(hickory) 지팡이 짚고 결혼 서약했다.

증조할아버지 할머니는 히코리 나무(hickory, 호두나무의 일종, 열매가 pecan이다) 지팡이 짚고 결혼 서약을 하셨다. 할아버지는 작은 나무가 7살 되었을 때 그 지팡이를 전해주셨다. 작은 나무는 할아버지 할머니가 돌아가셨을 때 두 분이 결혼 서약했던, 히코리 나무 지팡이를 두 분의 무덤 가운데 꽂아드렸다. 체로키가 사용하는 침대도 히코리 나무 테두리에 사슴 가죽을 묶어 만들었다.

인디언 신발 모카신(moccasin)은 부드러운 가죽으로 뒤축이 없게 만든 다음, 사슴 가죽을 찢어서 빙 돌아가며 테두리를 꿰매었다. 모카신 1켤레 만드는 데 꼬박 한 주일 걸렸다고 한다. 사슴 가죽으로 셔츠도 만들어 입었다.

인디언의 교육 방법 (p. 145)
'작은 나무'가 50센트를 사기당했다!

부모가 자식을 키울 때 어린이가 잘잘못을 스스로 깨달을 때까지 기다려주고 지켜봐 준다는 것은 어렵다. '작은 나무'가 50센트를 사기당했다! 그 당시 50센트는 큰돈이었다. 작은 나무가 50센트를 모으는 데는 오랜 시간이 걸렸다. 인디언의 교육 방법! 참으로 놀랍다.

어느 날 작은 나무와 할아버지가 네거리 잡화상에 갔을 때 마침 먼지 구름을 일으키며 한 정치가가 커다란 차를 타고 사람들이 모인 이곳으로 왔다. 당시 가톨릭교도들은 돈으로 사람을 매수하기도 했다. 차에서 내린 정치가가 사람들과 악수하는 동안에 한 남자가 조그만 송아지 한 마리를 끌고 왔다. 송아지는 머리를 떨어뜨리고, 다리를 엉거주춤 벌리고 서 있었는데, 머리를 들지 않았다.

작은 나무가 송아지한테로 가자, 그 남자는 환하게 웃으며, 송아지가 마음에 드느냐고 물으며, 송아지를 두들겨 주라고 하여 쓰다듬어 주었다. 그때 이 남자는 너 돈 가진 것 있으면 이 송아지를 사라고 작은 나무 앞에 무릎을 꿇고 앉았다. 작은 나무는 가진 돈이 50센트밖에 없다고 했다. 그 남자는 이 송아지는 그것보다 100배는 더 비싼 거지만, 자신은 기독교인이라며, "얘야, 나는 50센트만 받고 저 송아지를 너에게 주겠다"고 했다. 50센트를 받자, 그 남자는 그 송아지 목을 맨 줄을 작은 나무에게 잽싸게 건네준 다음 어디론지 재빨리 가버렸다.

　작은 나무는 송아지가 자랑스러웠다. 작은 나무는 정치가의 사진을 주머니에 넣고, 송아지를 끌고 할아버지 뒤를 따랐다. 할아버지는 집을 향해 저만치 앞서가고 있었다. 그런데 송아지는 비틀거리면서 간신히 걸음을 옮기더니, 급기야 이내 옆으로 쓰러졌다. 아무리 목줄을 당겨도 송아지는 그대로 움직이지 않았다. 작은 나무는 다급히 할아버지를 소리쳐 불렀다. 작은 나무는 줄을 잡고 있었는데 할아버지는 "네 송아지가 죽었구나." 하셨다. 작은 나무는 울고 싶었으나 참았다.

　저녁을 드시던 할아버지가 "자, 봐라, 작은 나무야. 나는 네가 하는 대로 내버려둘 수밖에 달리 방법이 없었다! 만약 내가 그 송아지를 못 사게 막았더라면 너는 언제까지나 그걸 아쉬워했겠지. 그렇지 않고 너더러 사라고 했다면 송아지가 죽은 걸 내 탓으로 돌렸을 테고, 직접 해보고 깨닫는 것 말고는 방법이 없었어." 그때 할머니가 옆에서 "작은 나무야, 그러니까 다음부터는 제 입으로 자기가 착하고 좋은 사람이라고 떠벌리는 사람한테는 조심하겠다는 뜻이지?" "예, 할머니, 그래요."

야생 칠면조(七面鳥 · turkey) 다니는 길에 덫을 놓았다! (p. 23~27)

야생 칠면조가 다니는 길엔 작은 발자국이 있다. 할아버지와 작은 나무가 숲길 따라 산을 오를 때 야생 칠면조가 다니는 길에 덫을 놓았다. 그 길에 구덩이를 발견하여 쌓인 나뭇잎을 치우고 깊이 팠다. 구덩이로 비스듬히 이어지는 작은 도랑을 파고 붉은 옥수수 알갱이들을 도랑 따라 쭉 뿌렸다. 구덩이 속에도 옥수수 한 줌을 던져넣었다. 나뭇가지들을 구덩이에 걸쳐놓고, 그 위에다 나뭇잎 한 무더기를 올려놓았다. 덫을 완성한 후, 할아버지와 손자는 다시 숲길을 올라가 산을 바라보며 낙엽 주위에 앉아 할아버지가 주머니에 넣어온 건빵과 사슴고기로 아침 식사를 했다. 사슴을 잡을 때도 제일 좋은 놈을 잡아서는 안 된다. 작고 느린 놈을 골라야 사슴들이 더 강해지고, 그래야 우리도 두고두고 사슴고기를 먹을 수 있다고 하셨다. 할아버지가 특히 좋아하는 산의 한 곳에서 손자와 함께 '산이 깨어나고 있는 광경'을 바라보곤 하였다.

칠면조는 사람하고 닮은 데가 있다!

산길을 따라왔던 길을 도로 내려오는데 벌써 덫에 빠진 칠면조의 꽥꽥거리는 소리가 요란하다. '작은 나무'는 입구가 꽉 막힌 것도 아닌데, 그냥 머리를 숙이기만 하면 나올 텐데 왜 안 그러죠? 할아버지는 배를 깔고 엎드린 채 구덩이 속으로 손을 집어넣어 커다란 칠면조 한 마리를 끄집어내, 칠면조의 발을 끈으로 묶고 난 뒤, 웃으시며, "칠면조란 놈들도 사람하고 닮은 데가 있어. 뭐든지 다 알고 있는 듯이 하면서, 자기 주위에 뭐가 있는지, 내려다보려고는 하지 않아. 항상 머리를 꼿꼿하게 쳐들고 있는 바람에 아무것도 못 배우는 거지."

할아버지는 칠면조 6마리를 잡았다. 할아버지는 '작은 나무'야 칠면조의 부리 두께를 보면 나이를 알 수 있다. 우린 3마리면 충분하니까, 세 마리만 고르라고 하셨다. 작은 나무가 3마리 고르자, 할아버지는 나머지 3마리 다리의 묶은 끈을 풀어주었다.

6살 때 강제로 고아원(孤兒院)에 넣었다. (p. 283~306)

작은 나무가 6살 때 정치가가 찾아와서 조부모는 늙은 데다가 교육도 받지 못했으니 양육할 자격이 없다며 억지로 고아원에 넣었다. 다음 날 아침에 비가 내리는데 고아원에 도착했다. 흰머리 여자가 기다리고 있었다. 그곳 목사 집무실에서 목사는 주(州) 정부에서 예산을 주지 않지만, 교단에서 너를 받아들이기로 했다고 했다. "여기는 순종이든 혼혈이든 간에 인디언이라고는 한 사람도 없다"고 했다.

작은 나무는 죽도록 매를 맞았다!

　　작은 나무는 1학년 반이었다. 하루는 흰머리 여자가 사슴 2마리가 시냇물을 건너는 모습이 찍힌 사진을 보였다. 사슴은 크게 펄쩍거리며 뛰어오르고 있었다. 덩치 큰 여자는 사슴들이 뭘 하고 있는지 누구 아는 사람 있느냐고 물었다. 한 아이가 사냥꾼에 쫓기고 있는 것 같다 했고, 또 다른 아이는 사슴은 물을 싫어하기 때문에 서둘러 빨리 건너는 중이라고 하자, 그 여자는 뒤에 말한 아이의 설명이 맞다, 고 했다. 그때 작은 나무는 손을 들어 수사슴이 암사슴의 엉덩이 위로 뛰어오른 걸 보면 그들이 짝짓기 하는 중인 게 틀림없다. 게다가 주위의 풀이나 나무 모습들을 보더라도 그때가 사슴들이 짝짓기 하는 철이란 건 쉽게 알 수 있는 일이라고 했다. (p. 302)

　그 여자는 갑자기 얼빠진 것 같더니, 손바닥으로 이마를 치더니 눈을 질끈 감았다. 그 여자가 들고 있던 사진이 바닥에 떨어졌다. 그 여자는 비실비실하더니 갑자기 작은 나무의 멱살을 움켜쥐고 이리저리 흔들더니, 얼굴을 붉히면서 "진작에 알았어야 했는데…, 이렇게 추잡스럽다니…이 사생아 녀석아!" 하고 악을 써대더니 목뒤를 움켜쥔 채 교실 밖으로 끌고 목사의 집무실로 갔다.

2, 3분 후, 목사가 불러 작은 나무의 셔츠를 벗으라고 했다. 목사가 책상 뒤에서 굵직한 막대기 하나를 집어 들었다. "너는 악의 씨를 받아서 태어났어. 애초에 너한테 회개 같은 게 통할 리 없다는 건 알고 있어. 그렇지만 주님의 은총으로 너의 사악함이 다른 기독교도들을 물들이지 못하도록 가르쳐 줄 수는 있지. 회개하지는 못하겠지만…울게 만들 수는 있지!"

짝짝 소리 내어 등을 후려치던 막대기는 결국 부러지고 말았다. 목사는 또 다른 막대기로 휘둘렀다. 셔츠가 등에서 흐르는 피를 좀 빨아들이긴 했지만, 속옷을 입지 않아서 피가 신발 안에 질척했다. 목사는 네 침대로 돌아가라 하면서 앞으로 일주일간 저녁 식사는 없다고 했다. 그리고 일주일 동안 수업을 받을 수 없으며, 방 밖으로 나와서도 안 된다고 덧붙였다. 그날 밤 창가에 엎어져 잠이 들었다. 옆 친구가 월번이 깨워 줘서 일어났다. 3일째 밤이 되자 늑대별(시리우스 · Sirius)은 무거운 구름 뒤로 숨어버렸고, 고아원은 새까만 어둠 속에 갇혔다. 필자는 이 대목을 읽을 때 눈시울이 젖었다. 자연을 읽지 못하는 무지와 인디언에 대한 혐오증으로 순진한 어린애를 죽도록 매질한 것이다.

겨울이 오고 있었다. 밤이면 살을 에는 듯한 찬바람이 건물을 감싸고돌며 울부짖었다. 작은 나무는 겨울바람이 좋았다. 밖에 나올 때마다 언제나 참나무(oak tree) 밑에서 혼자만의 시간을 보냈다. 얼마 있으면 크리스마스가 온다고 했다. 크리스마스 노래가 들려왔다. 크리스마스이브에 산타클로스가 점심때쯤 선물을 갖고 올 거라고 했다.

집으로 돌아오다 (Home Again)

크리스마스 날 마을의 상공회의소와 컨트리클럽에서 5대의 차들이 몰려왔다. 크리스마스 날에는 닭 다리 하나에 목이나 모이주머니 중 어느 한쪽이 놓였다. 점심 식사 후 자유 시간에 작은 나무는 참나무 아래에 오래 앉아 있었다. 밖이 추워서 아무도 나와 있지 않았다. 이제 자기 방으로 돌아가야 할 시간이었다. 그때 건물 쪽으로 보니 할아버지가 사무실에서 나와 작은 나무가 있는 곳으로 오고 계셨다. 할아버지다! 손자는 팔을 벌린 채 있는 힘을 다하여 달려가 할아버지 가슴속으로 뛰어들었다. 말없이 그렇게 껴안고만 있었다. 할아버지는 내가 잘 지내는지 알아보려고 왔지만, 이제 집으로 돌아가야 한다고 하셨다. 나도 같이 가고 싶었다. 할아버지 따라 그 버스가 있는 곳까지 갔다. 버스 문은 열려있었다.

"할아버지 나 집에 가고 싶어요." 할아버지는 손자를 번쩍 들어 버스에 올렸다. 버스 뒤쪽으로 가 손자를 안

아서 무릎에 앉히셨다. 10시간 가까이 차를 타고, 다음 날 아직 어두운 이른 새벽에 내렸다. 추운 날씨여서 밖에는 얼음이 얼어 있었다. 작은 나무는 산을 향해 미친 듯이 달려가고 있었다. (p. 317)

내 영혼은 이제 이상 더 아프지 않았다. (p. 321~339)

내 방에 가서 사슴 가죽 셔츠와 바지로 갈아입고 모카신도 신었다. 찬란한 겨울 아침이었다. 자연은 나에게 지옥에 대하여 말하지 않았고, 내 출생이 무엇인지 묻지 않았으며, 악의 씨에 대해서도 언급하지 않았다. 자연은 그런 말들을 만들어 내는 것이 무엇인지 몰랐다. 그래서 그들과 함께 있노라니 나도 그런 말들을 잊을 수 있었다. 그해 겨울은 무척 행복했다.

작은 나무가 7살이 되었을 때, 할머니가 아빠와 엄마의 혼인 지팡이를 나에게 주셨다. 그 후, 할머니, 작은 나무(9세)가 함께 산 기간은 2년 정도였다. 할아버지가 도끼 사용법을 가르쳐 주셨다. 통나무를 쉽고 빠르게 쪼갤 수 있었다.

마지막 가을에 산길을 오르다가 할아버지의 발이 미끄러져 굴러떨어지신 것을 할머니와 손자가 부축해 산을 내려왔다. 할아버지의 운명하시는 순간이 다가왔다. 할아버지는 "이번 삶도 나쁘지는 않았어. 작은 나무야, 다음번에는 더 좋아질 거야. 또 만나

자." 작은 나무는 할아버지의 영혼이 빠져나가는 것이 느껴졌다. 할머니는 할아버지 옆에 누워 할아버지의 몸을 꼭 부둥켜안았다.

작은 나무와 할머니 그리고 동네 장정 3명의 도움으로 평소에 할아버지께서 아침의 탄생을 지켜보시며, "산이 깨어나고 있어"라고 하시던, 할아버지의 비밀 장소에 묻었다. 작은 나무는 술 증류기를 혼자 다뤄봤지만 신통치 못했다. 그 겨울이 끝날 무렵, 봄이 오기 직전에 할머니는 할아버지가 좋아하셨던 주황과 초록과 빨강과 노랑 무늬의 드레스를 입고 돌아가셨다. 작은 나무는 동네 사람들과 함께 할머니를 할아버지 곁에 묻고, 두 분의 혼인 지팡이를 두 분의 무덤 사이에 돌무더기를 쌓아 잘 세워두었다.

그해 겨울에 작은 나무는 개 2마리와 보냈다. 봄이 왔을 때 작은 나무는 하늘 협곡으로 올라가 할아버지의 재산이라곤 순 동(銅)으로 만든 증류기 한대뿐, 그것을 땅에 묻었다. 작은 나무는 할머니가 손자를 위해 모아둔 위스키 판 돈을 가지고 아득히 먼 서쪽, 인디언 연방(오클라호마)으로 가기로 마음먹었다. 남은 개 2마리와 함께 어느 날 아침, 우리는 오두막집 문을 닫고 집을 나섰다.

필자는 나이가 80대 중반이고 취미가 독서인데, 이렇게 감명 깊게 읽은 책이 몇 권 안 된다. 그토록 『내 영혼이 따뜻했던 날들』은 걸작이다.

2. 아리스토텔레스의 정신적 유산

『아리스토텔레스의 실천적 지혜』

(朴全圭 옮김, 1985, 171쪽)

아리스토텔레스(Aristotle, BC 384~322)는 플라톤(Platon, BC 428~348)의 제자이며 알렉산더 대왕(Alexander The Great, BC 356~323)』의 스승이었다. 연세대 명예교수 김형석 철학자는 『백 년을 살아보니』 중에서 아리스토텔레스가 남긴 정신적 유산과 혜택은 2300년이 지난 오늘날까지도 우리의 감사와 존경의 대상이 되고 있다고 했다.

아리스토텔레스는 논리학을 세운 학문의 창시자다. 필자가 고등학교 시절에 배웠던 삼단논법(三段論法, Syllogism), 귀납법(歸納法, Induction), 연역법(演繹法, Deduction)도 바로 아리스토텔레스가 한 말이며, '인간은 사회적 동물이다(Man is a social animal)'란 말도 아리스토텔레스가 했다.

필자는 그이와 함께 알렉산더 대왕의 전기 영화도 보았고 2007년에는 지중해 3국, 이집트, 그리스, 터키와 유럽의 몇 나라를 여행한 후 여행기도 출간했다. 근래에 「독서의 즐거움」이란 주제로 수필을 쓰고 있는데 『아리스토텔레스의 실천적 지혜』에 대하여 쓰려고 책장에서 책을 뽑았다. 그런데 책을 읽지 않았었다. (?)

필자는 이 책을 1990년 11월 11일에 매입했다는, 책의 뒤 페이지에 메모를 보고 알았다. 본문 첫 쪽 첫 문장부터 '프로네시스'(phronesis)와 '누스'(nous)라는 철학적 전문 용어가 나온다. (p.12) 책의 내용이 어려워 읽기를 중단한 것 같다. 이 책을 구매한 지 33년이 흐른 후 2023년 4월 30일에 끝까지 읽었다. (웃음)

1990년대에 플라톤의 저서『동굴의 우화(The Allegory of the Cave)』는 재미있게 읽었던 기억이 있다.『동굴의 우화』가 플라톤이 현실 세계와 이상 세계를 비유한, 이상적인『국가(The Republic)』란 내용을 은유법으로 쓴 책이었다. 철학적 용어가 없어서 필자는 속독했다.

본문 1부-「문제를 찾아서」

『아리스토텔레스의 실천적 지혜』본문은 3부로 나누어져 있고, 각 단원의 끝에는 쉽게 요약돼 있다. 아리스토텔레스는 이렇게도 될 수 있고 저렇게도 될 수 있는, 이 세상의 개연성을 실천적 지혜의 대상으로 삼았다. 인간은 동물도 아니고 또한 신도 아니기 때문에, 인간 수준에 알맞은 인간에게 필요한 지혜를 탐구해야 한다. 그의 스승과 플라톤 학파가 난삽한 전문 용어를 사용한 데 대해 아리스토텔레스는 '건전한 상식적 경험주의'를 중시했다. 아리스토텔레스는 이론적인 것은 훌륭한 행동을 하는 데 별 쓸모가 없다고 보았다.

본문 2부 「지혜로운 사람에 대한 해석과 설명」
(p. 55~105)

실천적 지혜란? 경험으로부터 생겨난다. 실천적 지혜란 불확실성이 악의 형태를 갖추고 있는 세계 속에서 살아가는데 세계의 정세를 바꿀 수 없다면 자신의 욕구를 바꾸는 것도 행복하게 되는 하나의 길일 것이다.

우리가 살아가고 있는 세계는 개연과 우연에 맡겨져 있어서 머물러 있지 않고 끊임없이 변한다. 그렇다면 인간은 매 순간 심사숙고하고 다시 선택해야 할 것이다. 실천적 지혜는 불투명하고 어려운 세계에서 사려(思慮) 하는 덕이며, 우리의 힘이 닿는 것에 관해서 만 선택하고 행동해야 한다. 아리스토텔레스는 인간성 안에서 훌륭한 규범을 찾으려고 노력하였다. 훌륭한 사람이란 사업에 열중하여 신뢰감을 주고, 옆에 있으면 안정감을 느끼게 하며, 사람들을 진지하게 대하는 사람이다.

남은 모르는 것을 자기만이 알고 있는 듯, 시끄럽게 입만 놀려 남에게 자기 생각을 억지로 이해시키려는 플라톤적인 학자와는 전혀 다르다. 플라톤의 이데아 『국가론(The Republic) BC

375』의 대표 저서는 뛰어난 능력자인 철인에 의해 이성적으로 국가를 운영하며, 국가 구성원의 역할을 충실히 수행하는 형태를 이상으로 삼았다.

아리스토텔레스는 플라톤의 「이데아 설(Idea Theory)」 형이상학(形而上學·Metaphysics) 이론은 시간을 낭비하는 공허한 변증술(辨證術, Dialectics)에 불과하다고 본문 105쪽에 강한 어조로 비판했다.

적기(適期, kairos, 알맞은 시기, 때맞음)
그리스인들의 시간 개념, 카이로스(Kairos)와 크로노스(Chronos)

그리스인들의 시간 개념에는 카이로스와 크로노스가 있다. 적기(適期)란 알맞은 시기를 말하는데 그 기회를 잡는 것은 카이로스이다. 그 반대는 영원히 무심히 흘러가는 시간이 크로노스이다. 시간이 풍화작용과 함께 타락과 소외를 가져오는 상처라면, 시간은 또한 망각이며, 발전과 성숙을 가져오는 치료이다. 그러나 치료도 알맞지 않은 때 불시(不時)에 하게 되면 상처를 덧나게 할 뿐이다. 더 큰 화를 피하려고 덜 나쁜 것을 택할 때 · 행동의 목적은 적절한 시기와 상관한다.

알맞은 시기를 고려해야 하는 경우이다. 폭풍우 속에서 아낌

없이 배에 실은 화물을 바닷속으로 던져버리는 것이나, 폭군에게 사로잡혀 그 처분을 기다리고 있는 사랑하는 사람을 고의적(故意的)으로 그의 고통을 끝내주는 것은 절대로 우리가 하고자 해서 하는 일은 아니다. 행동의 목적은 적절한 시기와 상관한다. 절대적인 선이 아니라 상황에 관계하는 상대적인 선이며, 덜 나쁜 것으로만 끝나게 하는 데 목적이 있다. 더 큰 화를 피하려고 행위자가 자율적으로 알맞은 시기를 택해야 할 때도 있다.

3부 「인간 행동의 구조 분석」 (p. 113~171)

소크라테스와 플라톤은 이론과 실천의 일치를 말하였는데, 아리스토텔레스는 모든 선(善)이 가능한 것은 아니다. 선택과 결정, 상대적 선택과 운명적으로 결정하는 선택에 대해 논했다. 최상급의 선택이 아니라도 가능한 것 중에서 비교급의 선택이다. 심사숙고하고 토의한 것이 전제되는 결정은 운명적으로 결정하는 선택이다.

목적과 수단 (purpose & means)의 모순

본질적으로 옳지 못한 수단도 정당화되는가? 아리스토텔레스가 처음으로 목적과 수단 간에 있을 수 있는 부조화의 문제를 제기했다. 행동의 평가는 의도의 올바름 만으로 측정되지 않고,

수단의 적절함에 의해서도 측정된다고 주장했다. 그래서 목적에 대한 의지와 수단의 선택은 다 같이 동등하게 중요하다.

목적은 옳은데 수단을 잘못 선택할 수도 있다. 목적과 수단이 잘못된 예를 의료 행위에서 가끔 볼 수 있다. 그래서 과학과 기술 분야에서 목적과 수단이란 두 영역을 같이 지배해야 한다. 비록 목적이 좋다 하여도 기술적으로 졸렬하고 무능한 것은 허락되지 않는다. 너무 순진하고 우직한 것도 악행과 비슷한 동족(同族)에 속한다. 아리스토텔레스는 인간을 그의 의지를 보고 판단하지 않고, 그의 선택을 보고 판단한다. 그리스 사상에서 선과 악을 의지의 차원에 두지 않고, 수단의 선택에 두는 것으로 일관성을 이룬 유일한 도덕이다.

『실천적 지혜』의 결론 (p. 159~171)

첫째 조건이 지혜이다. 육신의 쾌락뿐만 아니라 사생활이나 공공 생활에서 너무 지나치지 않는다는 것이 지혜의 척도이다. 과도한 야심으로 인한 오만을 피하라. 자기 분수에 넘치게 더 가지고 싶어 하는 욕망이나 질투와 선망은 모두 우리를 불행으로 이끄는 어리석음의 원인이다.

정확하게 자신의 한계를 알고, 신(神)과의 거리를 아는 것은 행복으로 이끄는 지혜이다. 무모한 것을 피하고, 알맞음이 여러 사물 가운데서도 최고로 좋은 것이다. 이성에 호소하여 쾌락을 절제할 것. 먹는 재미, 성적 쾌락, 돈 버는 재미, 권력을 행사하는 재미, 지식을 추구하는 욕망까지도 자제할 것을 시사한다. 신에 대하여 결코 분수에 넘치는 도전을 하면 안 된다. 오만한 자들은 자신들의 큰소리가 어떤 벌로 값이 치러지는가를 보게 된다. 예측할 수 있는 것에만 열중하고, 예측할 수 없는 것은 하늘에 맡기라고 했다.

둘째가 너 자신을 알라와 지혜를 사랑하라 이다. 절제와 온건, 협력과 적절함, 행이든 불행이든 간에 다가올 우연에 대비하는 슬기, 목적에 비례하는 수단의 선택, 수단에 비례하는 목적의 합리적인 설계 균형, 때맞은 시기와 장소, 상황판단, 건전한 지식의 획득 등이 본질이다.

지혜로운 사람이란 심사숙고(深思熟考)하는 사람이다. 심사숙고한다는 말은 토론과 대화를 하며 심의 토론함을 의미한다. '너는 신도 아니며 짐승도 아닌 인간이다'라는 자신의 조건을 잊지 말라. 깊이 생각함이 심사숙고이다. 자기 고백이나 비판, 또는 내면적 갈등은 값어치가 높다. 그것은 철학적인 사고이기 때문이다. 올바른 심사숙고는 시기가 적절한 말과 행동으로 성취된다.

행이든 불행이든 간에 다가올 우연에 미리 대비하는 슬기, 목적에 비례하는 수단의 선택, 수단에 비례하는 목적의 합리적인 설계 균형과 때맞은 시기, 알맞은 장소, 상황판단, 건전한 지식의 획득 등이 윤리학의 본질이다.

중용(中庸)의 길이 발전하는 가장 적합한 길 (p. 123~171)

인간은 누구도 완전하고 완벽하게 좋을 수는 없다. 우리는 언제 어디서나 타당한 길을 알고 행동하는 것도 아니다. 보편적이며 과학적 지식을 가지고 행동하는 것도 아니고, 맹목적으로 행복을 추구하는 것도 아니며, 복잡한 실정에 맞추어 조직하는 '중용(中庸)'의 길이 발전하는 가장 적합한 길이다.

아리스토텔레스의 실천적 지혜는 경험적으로 가능한 것을 권고하며 심사숙고한 끝에 가능한 수단만을 선택하고, 선택한 수단으로 실제적인 과제를 수행하라고 했다. 나머지는 신의 뜻에 맡겨야 한다.

아리스토텔레스의 말과 명언 (p. 82~ 136)
행운아란?

추리와 계산에 별 능력이 없어도 지혜로운 사람이 갖는 속성을 다 갖추고, 짐작이 빨라서 현재와 미래의 추리에 골몰하는 사람보다 더 잘 앞일을 볼 수 있는 사람이다.

우연이란?

우연은 모든 것을 섭리하는 숨은 힘이라, 종교적인 색채가 짙은 개념이다. 우연히 일어난 사건은 여러 원인으로부터 파생된 사건이다. 과학적으로 알 수가 없다. 과학보다 더 신에 속한 무엇이라고 하는 듯하다.

행복한 사람이란?

소크라테스는 지혜, 덕, 행복을 일치시켰다. 아리스토텔레스는 행복의 정의 안에 친구, 돈, 정치적 권력 또는 자유가 들어간다. 그리고 기회가 있어야 하고, 덕도 행할 일거리가 있어야 한다. 일반적으로는 행복한 사람이란 천수를 살고, 몸이 건강하며, 사업이 번창하는 것을 의미한다. 잘 살다가도 우연히 명예를 훼손당하거나 운수가 나빠서 감옥에 갇히고, 고문당하게 되는 사람을 행복하다고 말할 수 없다.

미래의 불확실성에서 벗어나는 안정된 삶만이 완전히 행복하다고 말할 수 있다. 행복은 우연의 변수와 불안정으로부터 빠져나와야 한다. 여기서 빠져나가지 못하면 사상누각(沙上樓閣)이다.

잘 살게 되면 될수록 예측할 수 없는 불행이 닥쳐올까 불안해하는 심약한 사람은 제쳐놓고, 우리에게 숨겨져 있는 미래의 불확실성에서 벗어나는 안정된 삶만이 완전히 행복하다고 말할 수 있다. 행복은 마음가짐뿐만 아니라 인간의 활동이 수반될 때 이루어진다. 행복은 활동했을 때 느끼는 성취감이다.

도덕은 인간성의 문제라기보다 습성의 문제다. 절대로 선한 사람도 없고, 절대로 악한 사람도 없다. 다만 인간은 선을 향한 도상에 있거나 악으로 기울어지는 경향이 있을 뿐이다.

현명한 사람이란?

남에게 의존하지 않고 가장 자족적인 사람이며, 도덕을 실천하여 어떠한 운명이 닥쳐도 체념하여 참아 견디며, 최선을 다하여 가능한 한 더 좋은 더 훌륭한 방향으로 발전하는 사람을 말한다.

『소크라테스의 변론(Apology of Socrates)』

2007년 5월에 필자와 그이는 지중해 3국을 여행했을 때 그리스 파르테논 신전에서 걸어서 10분 정도 거리에 있는 소크라테스의 감옥을 가 보았다. 높이 5m 정도 되는 바위산에 굴을 파고, 밖에는 철창문 3개를 박아두었다. 그의 죄는 '신을 믿지 않았다는 신성 모독죄'와 '너 자신을 알라'를 기초하여 아테네의 젊은 이들을 타락시켰다는 것이었다.

소크라테스는 사람들은 아무것도 모르면서 알고 있다고 생각하는데, 그는 모르고 있다는 점에서 많은 사람과 같으나, 모르고 있다는 사실을 알고 있다는 점에서 그만큼 다른 사람에 비하여 얼마간의 지자(知者)일 것이다. 그래서 사람들에게 무지를 깨우치는 일이 신의 뜻에 따르는 일이라고 생각했다. '지(知)를 사랑하고 구하는 일'이 행복하게 사는 열쇠다.

아리스토텔레스의 스승 플라톤의 명작『소크라테스의 변론』에 나오는 내용을 인용한다. 플라톤이 그의 스승이 부당한 죄명, '무지(無知)에 대한 지(知)의 가르침'으로 사형선고를 받은 것에 관해 쓴 책이『소크라테스의 변론』이다. 다음은 소크라테스가 법정에서 마지막으로 한 말이다. 법정에서 이런 변론으로 끝맺음했다.

> "아테네 시민들이여! 어떻게 하든 나는 결코 행동을 바꾸지 않을 것이다. 설사 몇 번이나 죽음의 운명에 위협받아도…. (결국, 사형선고가 내려졌다. 중략) 하지만, 이제 떠날 때가 왔다. 나는 죽기 위하여, 여러분은 살기 위하여. 그러나 어느 것이 더 행복한가에 대해서는 신(神) 이외에 아는 자는 없다."

『아리스토텔레스의 실천적 지혜』는 철학에 관하여 지식이 없었던 필자에게 중·고등학교 시절부터 들어온 소크라테스, 플라톤, 아리스토텔레스에 관하여 좀 더 알게 되었다. 고전(古典)은 단 한 권을 읽어도 많은 가르침과 깨달음을 준다고 생각했다.

3. 페르시아 원정과 알렉산더 대왕

알렉산더 대왕의 업적

알렉산더 대왕(Alexander The Great, BC 356~323)의 가정교사가 아리스토텔레스였다. 아리스토텔레스는 마케도니아(Macedonia) 왕 필리포스 2세의 추천으로 알렉산더 왕자 14세 때 가정교사(BC 342)가 되어 16세 때까지 고전 호메로스(Homeros, 영어로 Homer), 군주정치론, 식민정책론 등을 가르쳤다. 도덕, 정치, 경제, 의학, 서사시 등을 가르쳤는데, 알렉산더 왕자는 열심히 공부했고, 독서를 좋아했다. 아리스토텔레스는 왕자에게 주석이 달린 『일리아스(Ilias)』 복사본을 주었는데 그는 전쟁터에까지 그 사본을 가지고 다녔다고 한다. 『일리아스』는 고대 그리스의 작가 호메로스(Homeros, BC 8세기)가 지은, 가장 오래된 최대의 영웅 서사시(敍事詩)이다.

기록에 의하면 알렉산더 대왕은 유년 시절부터 겁이 없고, 대담했다. 부왕은 어린 알렉산드로스를 전쟁에 데리고 나가서 위험을 무릅쓰고 참관하게 하여 아들의 대담성과 용맹, 추진력, 그리고 전쟁의 경험을 일찍부터 단련시켰다.

알렉산더 대왕의 전기영화 『Alexander The Great, 2004』를 재미있게 보았다. 영화의 배경과 규모가 웅대하고 유명한 주연

배우들이라 오랫동안 흥행했다. 마케도니아의 왕 필리포스 2세 (BC382~BC336)가 암살되자 왕자는 20살에 국왕이 되어 부강한 왕국과 숙련된 군대를 물려받았다. 알렉산더 대왕은 33세의 젊은 나이로 생을 마감했지만, 20대에 무모하면서도 용감하게 광활한 유라시아 대륙을 앞장서 휘달리며 정복하는 여정이 관객을 사로잡았다.

영화 중에 낯설고 기괴(奇怪)하며 질탕(跌宕)하게 보이는 장면도 있었다. 대중이 모인 대연회 석상에서 알렉산더 대왕이 남성과 동성 연애하는 장면이었다. '당시 유럽 귀족들 사이에는 남성들 간의 동성 연애가 묵인되었나 보다(?)'라고 생각되었다. (웃음)

'고르디우스 매듭(Gordian Knot)'과 쾌도난마(快刀亂麻)

우리 부부가 2007년 5월에 이집트, 그리스, 터키를 관광했을 때 이집트 알렉산드리아(Alexandria) 지역 여행안내원이 입담 좋은 한국 여성이었다. 알렉산더 대왕의 페르시아 원정과 '고르디우스 매듭'에 관하여 이야기를 해주었다.

알렉산더 대왕은 20대에 그리스, 이집트, 페르시아를 정복하고, 이란고원을 정복한 뒤 인도의 인더스강까지 이르렀는데 정복한 땅에 자신의 이름은 딴 '알렉산드리아'란 이름을 붙인 도시가 여러 곳에 있었다. 이를테면 세계 7대 불가사의의 하나인 '알렉산드리아 등대', '알렉산드리아 도서관' 등도 있다.

알렉산더 대왕의 '고르디우스 매듭'이란 말은 동양의 고사성어에 나오는 '쾌도난마(快刀亂麻)'란 말과 뜻이 같다. '쾌도난마'란 잘 드는 칼로 뒤엉킨 삼(麻)실 뭉치를 자른다는 뜻으로, 얽히고설킨 복잡한 문제를 재빠르고 명쾌하게 처리함을 비유한 말이다.

알렉산더 대왕이 22세 때 페르시아(Persia), 지금의 터키(튀르키예) 중부 아나톨리아 지방으로 침공해 들어갈 때 '고르디움'이란 지역에 들렸다. 이곳 신전에 '수레에 묶여있는 이 매듭을 푸는 사람이 장차 세계를 제패하게 될 것이다'라는 신탁이 전해오고 있었다. 그곳에 고르디우스 전차(戰車)가 있고, 그 전차에는 매우 복잡하게 얽힌 매듭이 있었다. 알렉산더 대왕은 흥미로워 풀어보려고 했으나 쉽게 풀릴 것 같지 않자, 옆구리에 차고 있던 칼을 뽑아 매듭을 단칼에 잘라 버렸다. 쾌도난마(快刀亂麻)했다. 젊고 박력 있는 면모를 상상하며 모두 웃었다. 후일에 알렉산더 대왕은 예언처럼 지중해부터 아시아에 걸쳐 넓은 땅을 정복하였다.

알렉산더 대왕의 업적?

알렉산더 대왕은 페르시아(BC 333, 다리우스 3세) 군대를 궤멸했다. 남쪽으로 이집트, 동쪽으로 인도의 인더스강까지 정복

함으로 유럽과 아시아, 아프리카의 3대륙에 걸쳐 대제국을 세
웠다.

동양과 서양의 융합 정책으로 그리스 사람을 아시아(터키)로
이주시켰고, 페르시아 여인을 부인으로 맞도록 역설하였으며,
알렉산더 대왕(29세 때) 자신도 페르시아 황녀 록사나와 정식
결혼(BC 327)했다. 그의 정치적 이념은 세계시민주의를 이념으
로 삼았다. "나는 그리스인들과 야만족들을 좁은 마음으로 나누
지 않는다"고 했다.

동방과 문화융합으로 간다라 미술과 불교미술에 새로운 장르
를 창출했다. 정복한 영역에 그리스 문화를 전파했다. 그리스의
영향을 받아 불상(佛像) 조각 즉 석가모니의 상이 만들어지기
시작했다. 그리스 문화와 오리엔트 문화가 융합된 문화가 헬레
니즘 문화(Hellenistic Culture)이다. 헬레니즘 문화는 인도와 중
앙아시아를 거쳐 중국과 우리나라에도 영향을 주었다.

알렉산더 대왕은 BC 326년에 북인도까지 진출했다. 10년간
정복 전쟁으로 병사들은 지쳤고, 나쁜 기후와 풍토병 등으로 병
사들은 죽어갔다. 군사들의 반항과 탈영이 이어져 아라비아
(Arabia, Saudi Arabia) 원정의 꿈을 접고 회군했다. 알렉산더 대
왕은 33세에 바빌론(고대 바빌로니아의 수도)에서 말라리아
(Malaria)에 걸려 발병 10일 만에 갑자기 사망했다.

알렉산더 대왕의 사후, 대영제국은 마케도니아, 시리아, 이집트 3국으로 갈라졌다. 마키아벨리의『군주론(君主論)』에서 '정복하기보다 정복한 후 넓은 제국을 유지하고 통솔함이 훨씬 더 어렵다,'고 했는데 우리는 알렉산더 대왕을 통해서 세계사를 다시 배웠다.

역사상 가장 위대한 정복자로 평가되는 몽골제국(蒙古·Mongol Empire, 1206~1368)의 칭기즈칸(Genghis Khan, 1162~1227)도 재위 20년간 몽골초원, 중국지역, 중앙아시아 그리고 동유럽에 이르는 영토를 정복하였다. 칭기즈칸은 인류 역사상 가장 위대한 정복자, 군사지도자, 정복 군주로 평가된다. 그러나 칭기즈칸의 사후, 몽골은 100년 만에 몰락했다. 역사가는 군대가 말(馬)을 이용했기에 초원을 떠날 수 없었다. 그러기에 정복한 국가에 지배력을 강화할 수 없었다. 유목민족이라 건축문화도 없었다. 군대가 머물든 텐트를 거두고, 말을 타고 떠나버리면 자취가 없었다. 칭기즈칸의 사망 후 칸 국들의 분열로 멸망했다.

알렉산더 대왕이 33세에 죽자, 절정에 달했던 그리스 문명의 영향력이 로마로 넘어가게 되었고 반(反)마케도니아 운동이 일어났다. 알렉산더 대왕의 스승 아리스토텔레스도 불경죄로 문책을 받았다. 아리스토텔레스는 모친의 고향 칼키스 (Chalcis)로 떠났다가 다음 해에 위장병으로 생을 마감했다.

4. 영국의 여성 인권 고발문학의 정수(正秀)

『자기만의 방(A Room of One's Own)』

Virginia Woolf (1929) 249쪽 · 김현수 옮김

영국의 여성 작가 버지니아 울프(1882~1941)의『자기만의 방』은 19세기 여성 인권 문제를 집중적으로 다룬 페미니즘 (Feminism)에 관한 명작이며, 모더니스트(Modernist)로의 명성을 얻었다.『자기만의 방』을 통해 영국의 역사와 문학사를 훑어보면 수 세기 동안 여성이 얼마나 가난했으며, 부당한 천대와 학대를 받으며 살아왔는가를 알 수 있다. 이 책은 영국 사회의 고루한 관습과 윤리, 법률적 면에서 얼마나 여성을 비인간적으로 다루며 학대했느냐를 통쾌하게 까발리는 고발문학의 정수 (精髓)이다.

필자는 이 책을 읽으며 조선 시대 유교가 성할 때 우리나라 여성들이 삼종지도 칠거지악(三從之道, 七去之惡)에 얽매여 노예처럼 살았던 삶이 생각났다. 사족이지만 이왕 말이 나왔으니 '아내를 내쫓을 수 있는 7가지 죄악, 칠거지악(七去之惡)'을 살펴보자.

시부모의 말에 순종하지 않을 때 / 자식을 낳지 못하면 / 부정한 행동(不貞)이나 / 나쁜 병 악질(惡疾)을 가졌을 때 내쫓을 수 있었다. / 첩이 하는 꼴을 못 보고 질투(嫉妬)할 때 / 구설(口設)로 친척들 간에 불화를 일으킬 때 / 그리고 남의 것을 도둑질하는, 절도(竊盜)는 내쫓을 수 있었다. 여기에도 예외는 있었다. '삼불거(三不去)'라 하여 내쫓을 수 없는 경우이다. 시집온 후 부모의 삼년상을 치른 아내, 즉 시부모에게 효도한 며느리, 시집온 후 남편이 출세했거나 부자가 되었을 때, 가난하고 고생할 때 함께한 아내 조강지처(糟糠之妻) 와 돌아갈 곳이 없을 때는 내쫓을 수 없었다. 이를 '삼불거'라 했다.

『자가만의 방』으로 돌아오자. 내용을 요약하면 여성 작가로서 소설을 쓰기 위해서는 자유로이 생각하고 글을 쓸 수 있는 '자기만의 방'이 필요하다고 강조했다. 버지니아는 다른 사람의 방해를 받지 않고 자유롭게 홀로 사색하고, 상상을 펼칠 수 있는 방(공간)을 '자기만의 방'이라 불렀다. 여성은 경제적으로 종속됐기 때문에 여성의 자유 전체를 빼앗겼다고 했다.
버지니아 울프는 1925년에 인간 내면의 심리를 그려내는 '의식의 흐름(Stream of Consciousness)'이란 기법을 창안하였다. 「의식의 흐름」 기법이란 영국 역사의 물줄기를 타고 수백 년 전까지 거슬러 올라가며, 여성이 교육받기가 얼마나 어려웠는지를 한탄하며 남존여비 사상을 명쾌하게 밝혔다.

옛날 어머니가 그녀의 아버지와 할아버지처럼 돈을 버는 위대한 기술을 공부해서 돈을 물려주고 남성의 전유물인 학자금과 연구 기금, 상금, 장학금의 기준을 마련해 주었다면, 오늘날 여성도 푸짐한 고기와 와인(Wine)을 마시며 저녁 식사를 즐길 수 있을 텐데, 여성은 하잘것없는 음식과 물을 마셔야 하나로…, 이런 식으로 의식의 흐름을 펼쳤다.

영국 역사를 통한 「여성의 사회적 지위와 가정에서의 실상」

버지니아는 16세기~20세기까지 영국의 역사와 문학과 예술을 샅샅이 뒤지며, 여성을 깔보고, 혐오하고, 욕하고, 저주하고, 원망하고, 심지어 남성이 주장하는 대로 글을 쓰면 유명한 작가가 될 수 있다고 꼬시는 남성 작가와 작품들을 소개하며 백일하에 열어젖힌다. 자기의 주장, 여성의 서러움을 대쪽처럼 강하게 웅변한다. 그야말로『자기만의 방』은 무례한 남성을 향해 글로 울부짖는 고발문학이다. 19세기 초까지 여자가 '자기만의 방'을 갖는다는 것은 아주 부자나 귀족이 아니고서는 상상할 수도 없었다.

영국의 사학자 조지 트리벨리언(George M. Trevelyan, 1876~1962)의『영국사』의 「여성의 지위」에 관한 내용에;

아내를 학대하는 건 남성의 권리로 인식됐고, 신분의 고하를 막론하고 수치심 없이 자행됐다. 딸이 부모가 선택한 남자와 결혼하지 않겠다고 거부할 경우, 감금되거나 매를 맞고 방에 내던져지는 것이 남 보기에도 전혀 이상한 일이 아니었다. 결혼은 애정이 아닌 가족의 탐욕과 관련된 문제였으며, 이런 현상은 격식을 차리는 상류층에서 더 두드러졌다. 여성이란 거울은 남성들이 폭력적이고 영웅적인 모든 행위에 꼭 필요했다.

이모의 상속으로 두려움·증오·분노·비통함 사라졌다!

버지니아 울프의 이모 메리 베튼은 봄베이에서 바람을 쐬러 말을 타고 나갔다가 낙마하여 1920년에 별세했다. 그 후 우편함에 날아든 변호사의 편지에 '여성에게 투표권을 준다'와 '내가 매년 5백 파운드씩 상속을 받는다,' 는 내용이었다. 이모와 이름이 같다는 이유만으로…. 아래 인용하는 몇 문장은 버지니아 울프가 여류 천재 작가로 이름을 남길 수 있었던 경험담이다.

버지니아 울프가 이모의 상속을 받기 전에는 잡다한 일을 했다. 생활을 꾸려가야 하니 얼마나 힘들었는지, 원하지 않는 일을 해야 했고, 노예처럼 아첨하고 아양을 떨며, 배짱을 부리기엔 감수해야 할 대가가 너무 컸다. … 나의 재능도, 나 자신도, 나의 영혼도 망가진다는 느낌…. (생략). 세상의 어떤 권력도 나의 5백 파운드를 빼앗아 갈 순 없었다. 음식, 집, 옷이 영원히 내 것이 되었다.

> 증오와 비통함이 사라졌다. 어떤 남자도 미워할 필요가 없어졌으며, 얻어낼 게 없기에 어떤 남자에게도 아첨할 필요가 없으며, 남성을 싸잡아 원망할 필요도 없어졌다. 이모의 유산이 내게 가린 하늘의 장막을 벗겨주었고, 탁 트인 하늘을 볼 수 있게 해줬다. (p. 77~81)

16세기에 위대한 재능을 타고난 여성은?

버지니아는 16세기에 위대한 재능을 타고난 여자는 분명 미쳤거나 자살했거나, 반은 마녀로 반은 마법사로 몰린 채 두려움과 조롱의 대상이 되어 마을 외곽의 오두막에서 생을 마쳤을 거라는 것은 사실이다. 16세기 시인이나 희곡작가인 여자가 자유로운 삶을 산다는 것은, 그녀를 죽음으로 몰고 갈 정도로 스트레스와 딜레마(dilemma)를 겪었음을 의미한다.

우리 여성 독자는 이 천재 작가가 얼마나 어려운 환경(reality) 속에서 글을 썼는지 꿰뚫어 보아야 한다. 그래야 『자기만의 방』을 10분의 1이라도 이해할 수 있다. 같은 말을 반복한다. 19세기 초까지 여자가 '자기만의 방'을 갖는다는 것은 아주 부자나 귀족이 아니고서는 상상할 수도 없었다.

영국의 철학자이며 경제학자였던 존 스튜어트 밀(John Stuart Mill, 1806~1873)은 1866년 의회에서 여성 참정권을 주장했으며 사회개혁을 옹호했다. 1869년에 『여성의 종속(Subjection of Women)』을 집필했다. 독자가 여성이라면 가슴이 찡함을 느낀다.

셰익스피어(Shakespeare 1564~1592)와 제인 오스틴

> 셰익스피어(Shakespeare 1564~1592)와 제인 오스틴 (Jane Austen, 1775~1817)을 비교하는 이유는 두 사람 다 마음의 장애물을 초월했기 때문이다. 버지니아 울프 가 존경하는, 여류 페미니스트이며 『오만과 편견』 (1813)의 저자 제인 오스틴은 셰익스피어 뒤를 이어 영 국인이 가장 사랑하는 소설가로 손꼽힌다. (p. 147)

제인 오스틴은 단 한 번도 여행하지 못했다. 공공 마차 타고 런던을 돌아다니거나 혼자 식당에서 점심을 먹은 적도 없다. 그 러나 한 번도 증오와 냉소, 두려움이나 저항, 또는 설교도 없이 글을 썼다. 1800년경에 그 유명한 『오만과 편견』을 쓰면서 부 끄러이 생각하고 누군가 방에 들어오는 소리(문의 경첩이 삐걱 거리는 소리)가 나면 얼른 원고를 숨겼다. 자기만의 방이 없었 다. 하인이나 방문객 혹은 가족이 아닌 사람들에게 의심을 사지 않도록 제인 오스틴은 원고를 숨기거나 압지(押紙)로 덮어두었어요.

셰익스피어의 가정 배경

셰익스피어의 아버지는 중산층 상인이었고 농사를 지었다. 셰익스피어는 8남매 중 셋째, 맏아들이었다. 가세가 기울어 13살 때 학교를 그만두고 집안일을 했으며, 고등교육을 받지 못했다. 어릴 때 토끼를 잡고, 사슴을 쏘는 말썽꾸러기였다. 동네 아가씨와 결혼하고, 무모한 연애 행각 때문에 런던으로 가서 돈을 벌어야 했다. 연극에 관심이 많았던 그는 극장 뒷문에서 말(馬)을 돌보는 일을 하다가, 배우로 성공하여 무대 위에서 예술을 원 없이 펼치고, 왕궁에 가서 여왕을 알현하기도 했다. (p. 101)

셰익스피어는 1594년부터 궁내부 장관 극단(국왕극단) 전속 극작가가 되었다. 극단 책임자 그린은 셰익스피어를 "대학도 안 나온 주제에 품격 떨어지는 연극을 양산한다."고 비난했다.

남성이 우월해야 한다는 뿌리 깊은 강박관념 욕망

오스카 브라우닝의 '남자가 우월해야 한다'는 뿌리 깊은 욕망과 강박관념을 소개한 예문이다. (p. 113) 한때 케임브리지 대학의 유명 인사였고, 뉴넘 대학생들의 시험을 주관했다. "어떤 시험지를 검토하든 점수와 관계없이 가장 우수한 여학생이라도 가장 떨어지는 남학생보다 지적으로 열등하다는 인상을 받는다"고 했다.

또 한 예로 존슨 박사가 제르맹 타이페르(프랑스 작곡가)에 대해서도 "여성이 설교하고, 작곡하는 건 개가 뒷다리로 서서 두 발로 걷는 것과 같다." "여자가 연기하는 것은 개 푸들(dog, poodle)이 춤추는 거와 같다." ···여성은 무시당하고, 맞고, 설교와 훈계의 대상이었다. 현실에선 처참하게 짓밟혔다. (p. 117)

『자기만의 방』 끝맺음

영국에 1860년에 기혼 여성의 재산소유권이 생겼고, 1866년에 영국 최초의 여자대학인 거턴 칼리지(Girton College, 1869)와 뉴넘 칼리지(Newnham College)가 있었으며, 1919년에 여성 투표권이 주어졌다. 지적 자유는 물질적인 것에 달려있다. 여성은 언제나 가난했다. 지난날 여성은 아테네 노예의 아들보다 지적 자유를 누리지 못했다.

끝으로 버지니아는 여성도 돈을 벌고, 자기만의 방을 가지는, 현실 리얼리티(reality) 속에서 살아가라고 부탁한다. 우리의 생각을 그대로 쓸 수 있는 자유와 용기를 갖춘다면, 현실 세상을 보고 그 모습 그대로 볼 수 있다면, 우리가 아무에게도 의지할 수 없다는 사실을 직시하면 기회가 찾아올 것이다. 여성 독자라면 어쩔 수 없이 가슴이 찡하고 눈시울이 뜨거워지는 명작이다.

5. 여성 예술가들의 결정적 습관들

『**예술하는 습관**(Daily Rituals: Women at Work)』

(Mason Currey, **이미정 옮김**) (2019, 422쪽)

『예술 하는 습관』의 저자 메이슨 커리는 2007년 이후 6년간 『메트로 폴리스』 편집장으로 활동했고, 『뉴욕타임스』『월스트 리트저널』 등에 글을 기고하고 있다. 저자는 18세기 위대한 작 가부터 현대에 주목받는 예술가까지 지난 4백 년 동안 여성 예 술가들 131명의 하루에서 찾아낸 결정적 습관들을 밝혔다. "반 복적 행위에서 창조적 영감을 길어 올린 여성 예술가들의 이야 기다."

필자가 『예술 하는 습관』을 읽게 된 동기는 미국 스탠퍼드 대 학에서 컴퓨터공학을 전공하고 있는 손녀로부터 긴 카톡 (2023.6.18.일)이 왔다. 내용에 기말고사를 끝낸 후 슬럼프에 빠 져서 허우적대며 이틀을 무기력하게 보내다가 『예술 하는 습관 』이란 책을 읽고서 큰 영감을 받았다고 했다. 아직 연구에 대하 여 잘 모르는 것도 많고, 시험공부처럼 성과가 눈에 보이는 게 아니라서 매일 연구를 위해 시간을 쓰는 것에 회의를 느끼고, 동기부여가 안되었다고 했다. 그러다가 이 책을 발견했다.

손녀는 "예술가의 위대한 성취(Master Piece)는 일상의 단조로운 반복에서 시작된다." 수많은 작가는 놀랍도록 단조롭고, 규칙적인 일과(routine) 속에서 만들어 냈다는 것을 읽으면서 매일매일 착실하게 연구에 시간을 쏟아야 할 필요를 느꼈다고 했다. 어떤 영감이 떠올라서 글을 쓰기보다는 아침에 일어나서 규칙적으로 컴퓨터나 타자기 앞에서 작업하기 시작했다는 내용을 읽었는데, 매일 반복하는 습관(ritual)이 얼마나 중요한지를 강조했더라고 했다.

"시간이 자기도 모르는 사이에 사람의 얼굴을 바꿔놓듯이 습관은 인생의 얼굴을 점차적으로 바꿔놓는다"란 버지니아 울프(Virginia Woolf) 글에 손녀가 크게 의식의 눈을 뜰 만큼 마음의 자세가 되었다는 것과 또 예리한 통찰력으로 자신의 학문하는 태도에 비추어 보는데 놀랐다. 할머니도 책을 사서 읽어보겠다고 카톡으로 답했다.

『예술 하는 습관』의 서문에 저자는 "유명한 남성 예술가들은 헌신적인 아내와 하인, 상당한 유산, 그리고 몇 세기 동안 누적된 특권에 힘입어 장애를 극복했다. 그러나 여자들의 대다수는 창의적 작업을 무시하고, 거부하며, 부모나 배우자까지도 강하게 반대하는데 부딪혀 도대체 어떻게 해냈을까가 알고 싶었고, 답을 찾기 위해 이 책을 썼다고 했다.

모두 똑같은 24시간을 사는데 왜 어떤 사람들은 더 많은 것을 이루는가? 일과 창조에 관한 질문을 떠올렸다. 이 책의 핵심은 위대한 예술가들이 충동적이고 즉흥적인 영감으로 일한 것 같지만, 그들은 지독하리만치 규칙적이고, 성실했으며, 그 누구보다도 더 엄격하게 루틴을 지켰다고 강조했다.

책의 뒤 표지에 작가 임경선의 서평에 "『예술하는 습관』에는 무수히 많은 '자기 일을 사랑한 예술가들이 무시무시한 자발성과 몰입, 제한된 자원으로 최적의 성과를 내는 법, 에너지의 효율적 배분, 엄격한 루틴, 자기 규율과 자기반성, 스스로와 맺는 약속과 원칙 등을 깨닫게 한다. 참고로 예술가 한 명당 책 1장 정도로 일상의 하루를 압축 요약했는데 사실적이라 재미있다.

루이자 메이 올콧(Louisa May Alcott, 1832~1888)
— 어느 집필광의 몰입

어린아이들을 위한 도덕적 이야기를 쓴 미국의 소설가 올콧은 창의적 에너지를 격렬하게 쏟아내면서 강박관념에 사로잡혀 글을 썼다. 식사도 건너뛰고, 잠도 거의 자지 않고, 어찌나 맹렬하게 글을 썼는지 오른손에 쥐가 나서 왼손으로 쓰는 법을 익혀야 했다. 그런 발작 증세가 너무 강해서 한번 시작되면 2주 동안 전속력으로 돌아가는 생각 기계처럼 글만 썼다. 이 신성한 영감은 보통 한주나 두 주 동안 쏟아져 나왔고 그 소용돌이에서 벗어나는 순간 올콧은 허기와 졸음, 짜증, 혹은 실의에 시달렸다.

그의 아버지는 올콧이 '여아용 서적'을 쓰기를 바랐다. 올콧은 두 달 만에 402쪽 소설을 완성했다. 어린이들을 위한 도덕적 이야기를 쓰는 게 즐겁지 않았지만, 돈이 잘 들어오기 때문에 아버지의 뜻을 따랐다. 『작은 아씨들(Little Women)』(1868년 1권, 1869년 2권)은 자전적 소설로 출간되자 돌풍을 일으켰다. 이때부터 '여아용 서적'이 올콧의 인생에서 전부가 되었다. 세계 여러 나라에서 영화, 연극, 만화, 애니메이션(Animation)으로 사랑받고 있다.

코코 샤넬(Coco Chanel, 1883~1971)

20세기의 여성 패션을 선도한 프랑스의 패션 디자이너, 현대 여성복의 시초를 만들었다. 샤넬은 가난한 환경에서 태어나 청소년기를 고아원 (보육원)에서 보냈고 정규교육을 거의 받지 못했다. 그런데도 서른 살에 누구나 아는 명사가 되었고 마흔 살에 백만장자가 되었다.

샤넬은 일요일을 두려워한 일 중독자였다. 그녀는 본사 직원들의 피를 말릴 정도로 요구가 많은 고용주였다. 샤넬은 사무실에 오면 바로 디자인을 시작했는데 마네킹을 사용하지 않고 모델들에게 천을 걸쳐놓고, 그 천에다 핀을 꽂으며 오랜 시간을 보냈다. 연달아 담배를 피우며. 저녁 늦게까지 일했다. 일주일에 6일 동안 일했다.

대체로 오후 1시쯤 회사에 출근하면 5성 장군이나 황제에게 어울릴 법한 환영식이 열린다. 아래층에 있는 사람은 출입구 근처에 그녀의 대표적인 향수 샤넬(CHANEL No. 5)을 뿌린다. 샤넬은 일요일과 공휴일을 두려워한 일 중독자였다.

엘리너 루스벨트(Eleanor Roosevelt, 1884~1962)

제32대 미국 대통령 프랭클린 D. 루스벨트(1882~1945)의 부인 엘리너 루스벨트는 가장 영향력 있는 역대 대통령 부인으로 존경받고 있다. 참고로 루스벨트 대통령은 미국의 대공황(大恐慌·1929~1935) 때 뉴딜(New Deal) 경제정책으로 농업정책, 산업개혁, 금융개혁, 사회보장 등으로 큰 업적을 이루었다. 국제연합 유엔(UN) 창설은 루스벨트 대통령이 고안했다.

엘리너 루스벨트는 1936년부터 거의 26년 동안 신문 칼럼 「나의 하루(My Day)」를 썼다. 저서로 『나의 이야기』, 『스스로의 힘으로』가 있다. 그는 생활 속에서 3가지 원칙을 세웠다. 첫째 마음을 차분하게 가라앉혀 주변에서 무슨 일이 일어나든 동요하지 않고 일하는 것이다. 둘째 당면한 문제에 집중할 것, 하나씩 처리해 나가는 것이 과중한 업무를 놓치지 않고 해나가는 방식이라 했다. 셋째 특정한 시간에 특정한 활동을 할당할 것과 사전에 계획할 것 등이었다. 동시에 예기치 못한 일을 처리할 수 있는 여지도 남겨두어야 한다. 참으로 면밀하고 엄격했다.

수전 손택(Susan Sontag, 1933~2004) p. 91

미국의 소설가, 예술평론가, 영화감독, 사회 운동가로 활약했다. 1966년 평론집『해석에 반대한다』를 통해 문화계의 중심에 섰다. 그녀는 1959년에 남편과 결별하고 아들 하나 데리고 뉴욕에서 살았다. 그녀는 스스로 거세게 몰아붙여야 최상의 아이디어를 얻어낼 수 있었다. 약간 자기 파괴적인 상황에 처해야 글을 쓸 수 있었다. "글을 쓰는 것은 자신을 소모시키고, 자신을 건 도박을 하는 거다." 손택에게 글쓰기는 체중감량과 요통, 두통, 손가락과 무릎의 통증을 말한다.

그녀는 삶이란 에너지 수준의 문제라고 했다. 어느 날 그의 일기에 이렇게 썼다. "내가 원하는 것은 에너지, 또 에너지다. 고귀함과 평온함, 지혜를 갈구하지 말라, 이 멍청이들아!" 그녀는 압박감이 높아야 마침내 글을 쓰기 시작할 수 있었다. 매우 오랫동안 집중해서 강박적으로 열여덟 시간이나 스무 시간, 혹은 스물네 시간 동안 글을 썼다. 극히 소홀히 했던 마감 시간을 더 이상 무시할 수 없어서 글을 쓰기 시작하는 경우가 흔했다.

손택은 어머니로서 해야 할 일을 무시했다. "아들 데이비드에게 요리를 해주지 않았어요. 그냥 음식을 데워줬죠" 했다. 세상에는 별별 희한한 예술가도 있구나 생각되어서 이 글을 옮겨 적었다.

마거릿 미첼(Margaret Mitchell, 1900~1949)

소설 『바람과 함께 사라지다(Gone With the Wind)』의 작가이다. 미첼은 이 소설을 1928년경에 시작하여 1935년에 편집자에게 원고를 넘겼다. 그가 남긴 유일한 작품이었다. 수백만 부가 팔렸고 영화로 만들어졌으며 1937년에 퓰리처상까지 수상했지만, 다른 작품을 쓰고 싶은 생각이 전혀 없었다. 무엇을 준다 해도 그 일을 다시 시작하지는 못해요, 했다. 소설 쓰기가 아름답고 지독한 글쓰기의 감옥으로 여겼다. 『바람과 함께 사라지다』의 소설 배경은 미국의 남북전쟁, 노예제도 폐지 전쟁(1861~1865)이었다.

그녀는 성공한 저널리스트였지만 소설은 유난히 어려웠다고 했다. "밤마다 글을 쓰고 또 써도 겨우 2장을 완성해요. 다음 날 아침에 그 글을 읽고 나서 깎아내고 또 깎아내고 나면 겨우 6줄 남죠. 그럼 다시 시작해야 해요." 모든 장을 적어도 20번 고쳐 썼다고 했다.

소설의 끝 문장 "After all, tomorrow is another day."을 어떻게 해석하느냐 왈가왈부할 정도로 인기가 있었다. 직역하면 "내일은 또 다른 내일이니까"인데 이 문장을 "내일은 또 내일의 태양이 떠오른다"로 해석해야…. 이 문장이 저자의 묘비명이 되었다니…. 인터넷에는 미국에서 성서 다음으로 많이 읽힌 책이다. 영화(1939년 개봉, 222분, 아카데미상 10개 부문 휩쓸었고, 빅터 플레밍 감독, 비비언 리(1913~1967)와 클라크 게이블(1901~1960) 이 주연이었다.

안나 파블로바(Anna Pavova, 1881~1931) p. 355

러시아의 발레리나(ballerina)는 20세기 초 전 세계 무대를 돌아다니며 발레의 대중화에 평생을 바쳤다. 1905년에 창작된 「빈사의 백조(The Dying Swan)」는 짧은 걸작으로써 근대 발레의 효시로 본다. 파블로바는 세계 순회공연을 한 최초의 발레리나다. 일종의 예술 선교자 역할을 했다.

극장에 돌아온 파블로바는 직접 화장하고, 가발과 의상을 착용하고 화장을 끝낸다. 막과 막 사이에 의상과 가발과 화장을 바꾸고, 연한 차 한 잔을 마셨다. 자신의 분장실에 아무도 들어오지 못하게 했다. 파블로바는 언제나 무대 위에 올라가기 전에 엄청난 불안에 휩싸였다고 한다.

발레리나들은 대부분 공연 당일에 아무것도 먹을 수가 없다. 그런데 안나 파블로는 5시 정각에 부용 한 컵, 커틀릿, 후식으로 커스터드를 먹어요. 공연 중에 빵가루와 함께 물을 마시면 기운이 샘솟죠. 발레 공연이 끝나면 최대한 빨리 목욕하고 저녁을 먹으러 가는데 지독하게 배가 고프다고 했다.

"사람들은 발레리나들이 경박한 삶을 산다고 생각하죠. 사실은 그렇게 살 수 없는데 말이죠. 우리는 경박함과 예술, 하나를 선택해야 해요. 그 둘은 양립할 수 없죠" 첫 순회공연 이후에 파블로가 한 말이다.

『예술 하는 습관』의 책 속에는 세계의 유명한 여성 작가 131명의 하루의 생활하는 모습, 작업하는 과정이 간략하지만, 이해하기 쉽게 묘사돼 있다. 독서의 즐거움을 만끽할 수 있는 책이다.

6. 어린이 동화집(Nursery Rhyme)

『마더구스 Mother Goose』

(Michael Foreman. 초판 1911, 152쪽 영문)

『마더구스 Mother Goose』 '거위 아줌마'는 주로 미국, 영국, 프랑스 등지에서 전해오던 영어로 번역된 어린이집, 유치원생을 위한 전래동요(傳來童謠) 동화(童話) 등의 모음집(Nursery Rhyme)이다. 4~5세 이하의 어린이들도 재미있게 따라 부를 수 있는 동요들도 많다. 우리나라에선 외국어라 초등학생도 영어 단어 공부하는 데 도움이 될 것이다. 어떤 동화에는 어려운 단어도 있다. 필자가 가지고 있는 책에는 200여 개 동요, 동화, 수채화 동화 그림이 함께 수록된 영문 책이다.

영국의 작가 마이클 포먼(Michael Foreman, 1938~)은 300여 개의 어린이책에 삽화(Children's Illustrator)를 그린 세계적인 동화 작가이다. 아동도서 분야에서 수상도 몇 번 했다. 삽화가 어떤 것은 귀엽게 앙증스럽고, 익살스럽고, 지나치게 과장됐고, 율동적인 표현도 있다. 어린이에게 영어 공부를 시키는 데 이 책이 도움이 되리라 믿는다.

필자의 별명은 '마더구스 (Mother Goose)'이다.

그이가 미국에서 학위하고 10년 동안 미국 대학에서 가르치는 동안 아이 셋을 키울 때 필자도 직장에서 일했다. 피곤하지만 밤이면 구스 램프(goose lamp)에 보자기를 덮고 어둑한 조명 등 아래서 아이들이 잠들 때까지 『마더구스』책들을 읽어주었다. 몇 년간 읽어주다 보니 때로는 식탁에 둘러앉아 아이들과 함께 동시를 차례대로 그침 없이 한두 권 외우기도 했다. 우리 아이들이 붙여준 별명이 '마더구스'이다.

큰아들이 미국에서 학위하고 수년간 대학에서 가르칠 때도 큰며느리가 아이들에게 『마더구스』 동화책을 읽어주었다. 큰 아들이 학회참석차 몇 시간 차를 운전하여 부모와 함께 플로리다 디즈니랜드까지 여행할 기회가 있었다. 그때 큰 손녀가 5살쯤 되었는데 수십 개 동시 동요를 연달아 즐겁게 노래했다. 큰 며느리에게 손녀는 언어에 특별한 소질이 있는 것 같으니, 관심을 가지고 지도하라고 했다. 큰손녀는 자라는 과정에서 영어, 중국어, 일어 등 다양한 언어를 좋아하여 스스로 터득하려고 애썼다. 대학 진학 때 영어교육학을 택했다. 요즘 석·박 과정에 있는데, 재능을 맘껏 발휘하고 있다.

필자의 남편이 모교 Y 대학에서 가르치게 되어 우리 가족은 45여 년 전에 영구귀국했다. 자녀들은 성장하여 결혼하였다. 언젠가 필자는 책장을 정리하며 오래된 낡은 책들을 다 버렸다. 가끔 손주들에게 옛 이야기할 때면 동화집이 생각났다. 『마더 구스』 책을 괜히 버렸다고 후회한 적이 있다.

스탠퍼드 대학에서 컴퓨터공학을 전공하고 있는 손녀가 그 말을 기억하고 일시 귀국할 때 동화집 『MOTHER GOOSE』을 새해 선물(2023.1.1)로 가지고 왔다. 초판이 1911년이라 책이 없어서 특별히 대학 서점에 주문하였다고 했다. 어찌나 고맙고 반갑든지 책을 오랜만에 만나는 피붙이처럼 반가워 꼭 껴안았다. 반세기 전에 아이들 키울 때의 추억들이 몰려왔다. 몇 작품만 인용하려 한다.

귀엽고 재미있는 고양이 「푸씨 켙 (Pussy Cat)」

고양이야, 고양이야, 어디 갔다 왔니?
Pussy cat, pussy cat, Where have you been?
난 런던에 여왕님 뵈러 갔었다.
I've been to London To look at the queen.

고양이야, 고양이야 거기서 뭐 했니?
Pussy cat, pussy cat, What did you there?
여왕님 의자 밑에 있는 작은 쥐 혼내 주었다.
I frightened a little mouse Under her chair.

예쁜 아가씨야 예쁜 아기씨야 어디 갔다 왔니?
여왕님께 드리려고 꽃 꺾으러 갔다.
예쁜 아기씨야, 예쁜 아가씨야 여왕님은 뭐를 주시던?
여왕님은 내 구두만 한 다이아몬드를 주셨다. (She
gave me a diamond, As big as myshoe. (p. 23)(웃음)

숫자 1부터 10까지 가르치는 것도 재미있는 이야기로
배운다. (p. 62)
하나, 둘, 셋, 넷, 다섯, 언젠가 물고기를 잡았는데
One, two, three, four, five, Once I caught a fish alive.
여섯, 일곱 여덟, 아홉, 열, 또 풀어주었다.
Six, seven, eight, nine, ten, Then I let it go again.

「Row the Boat」 배를 저어라! (p. 16)

Row, row, row the boat Gently down the stream,
노를 저어라, 노를 저어라, 물길 따라 가볍게 노를 저
어라.
Merrily, merrily, merrily, merrily, Life is but a dream.
즐겁게, 즐겁게, 즐겁게, 즐겁게. 삶은 한갓 꿈이다.

기껏 5, 6살쯤 되는 같은 동네 사내아이가 들에서 풀
꽃을 꺾어들고 (p. 74) 좋아하는 여자 동무에게 다가가

서 풀꽃을 주며, 사랑을 고백한다. (웃음)

장미는 붉고, 바이올렛은 푸르다.(Roses are red, Violets are blue.)
설탕은 달고, 너 역시 달다.(Sugar is sweet, And so are you.)

유럽의 영어권 나라들에는 17세기부터 유행한 동화와 구전 전래동요를 집대성했다. 아이들이 가장 좋아하는 캐릭터(character)와 노래, 자장가(lullabies), 율동, 동요, 오락용 넌센스 운문(nonsense verse), 수수께끼(puzzle), 그리고 혀를 굴리는(tongue twisters) 말놀이 등 다양하다. 이를테면, 별 내용도 없는데 피터, 파이퍼, 픽, 팩. 페퍼, 피클, 픽트, 등 비슷한 소리를 반복하며 재미를 더한다.

피터 파이프가 고추장아찌(pickled pepper) 한 팩을 주웠다.
Peter Piper picked a peck of pickled pepper;
A peck of pickled pepper Peter piper picked.
만일 피터 파이프가 고추장아찌 한 팩을 주웠다면, 어디서 주웠을까?
If Peter Piper picked a peck of pickled pepper,

Where's the peck of pickled pepper Peter Piper picked?
(p. 127) (웃음)

단어 공부를 위해 꽤 어려운 단어도 보인다. 예로 들면 위(胃)가 큰 밴(Ben)이 ox(황소), cow(암소), calf(송아지), church(교회), steeple(교회 첨탑), people(교인들), priest(교회 목사, 신부), 여러 사람(all the people)을 다 먹었다. 그러나 아직도 배(위·stomach)가 차지 않는다고 불평한다. 웃음 (p. 110)

어려운 단어를 사용한 내용도 있다. 수탉 (Cock)한 마리가 죽었는데 장례식 치르는 절차가 나온다. (p. 53~55). 이를테면 장례식(burial), 관(coffin), 수의(shroud), 휘장(pall), 무덤(grave), 많이 상주(mourner), 교구 목사(parson), 장례식 찬송가(psalm) 등, 어려운 단어들이다.

밤에 어른들은 이야기하며 놀면서 아이들을 일찍 재우려면 반항한다. 아이들을 잠자리로 보낼 때, 이때 이런 식으로 유도한다.

「Early to Bed」 일찍 잠자리에 들면 (P. 138)
일찍 자고, 일찍 일어나면,
Early to bed, and early to rise,
튼튼하고, 부자 되고, 똑똑하게 자란다.
Make a man healthy, wealthy, and wise.

아이가 밤에 잠자리에 들 때 기도문(A Prayer) (p. 151)

이제 자려고 하는데 하나님 제 영혼을 지켜주십시오.
Now I lay me down to sleep, I Pray the Lord my soul to keep;
잠에서 깨기 전에 죽는다면 하나님 내 영혼을 거두어 주소서.
And if I die before I wake, I pray the Lord my soul to take.
너무 철학적이다. 잠이 오다가도 달아나겠다. (웃음)

「God Bless Me」 (P. 152) 아이가 달을 쳐다보며;
    I see the moon, And the moon sees me; 나는 달을 쳐
다보고 달은 나를 내려 본다; God bless the moon, And
God bless me. 하나님은 달은 축복하고, 그리고 나를 축
복한다. 귀여운 동화 그림도 그려놓았다.
    크리스마스 때 「크리스마스가 오고 있다 (Christmas is
coming)」, 방울 종이 울린다 「징글 벨 (Jingle Bells)」 등.
우리나라에서도 어린이들이 '징글 벨' 노래는 영어로 부
르는 줄 안다. 창가에는 작은 크리스마스트리(tree)를 장
식해 두고. (웃음)

동물의 소리를 흉내 낸 의성어(擬聲語, Animal Sounds Onomatopoeia) 동요 (p. 60)

소리를 흉내 낸 의성어 동요는 우리말이 더 적격이다. 「마더

구스」에 바우 아우(Bow-wow, says the dog)란 개 짖는 소리는 우리말 멍멍이가 더 가깝고, 고양이는 뮤 뮤(Mew, mew, says the cat)는 야~옹 야~옹, 소는 음매~가 무, 무 (moo, moo)보다, 돼지의 그런트 그런트(Grunt, grunt goes the hog) 보다는 우리말 '꿀꿀'거린다는 소리가 더 가깝다. 팔이 안으로 굽는 것일까? (웃음)

개구리는 개굴개굴, 리빝 리빝(ribit-ribit),
말(馬)은 이힝~, 내이(neigh),
새는 짹짹, 트윗 트윗(tweet-tweet),
병아리는 삐약 삐약, 핍! 핍(peep! peep),
수탉은 꼬끼오, 콕-어-두들-두(cook-a-doodle-doo) 라고 했다.

아이들이 어릴 때 동화집을 읽어주는 것은, 어휘력을 길러주고, 상상력을 넓혀주며, 추리적 사고 증진에도 많은 도움이 되리라 생각한다. 젊은 부모님들께 이 책을 권하고 싶다. 이런 종류의 영어와 우리말 함께 수록된 동화집이 있을 것이다. 부모가 고등학교를 졸업했다면, 우리 가정에서도 이 정도는 가르칠 수 있다고 생각된다.

7. 상대방의 마음을 사로잡는 방법

『마인드 리이딩 (Mind Reading)』독심법(讀心法)
(1938. 275쪽 증보판) (로버트 매스터스 外 · 장종홍 · 김심
온 譯)

『마음을 읽는 법(Mind Reading)』증보판에는 마인드 컨트롤
(Mind Control)과 마인드 리딩이 함께 수록돼 있는데 필자는『마
음을 읽는 법』(p. 1~156)만 소개하려 한다.

이 책의 저자는 현대는 번거롭고 복잡한 시대이다. 삼중 인격
이 강조되고 어쩔 수 없이 거짓말을 해야 할 때도 있고 흥정할
일도 많다. 이러한 시대에 대인관계를 유리하게 전개하려면 상
대방의 심층 심리를 아는 것이 바람직하다. 저자는 본문을 8장
으로 세분하여 인간의 심층 심리를 재미있게 묘사하였다.

마음을 읽는 독심법은 겉으로 알아챌 수 있고, 일반적인 성격
판단과 인간형, 여성의 마음을 읽는 법과 사람을 능숙하게 다루
기 위한 기초지식 같은 내용이다. 세밀한 심리묘사라 재미있다.
어떤 면에선 여성의 심리를 너무 노출한 느낌이 들어서 거북스
러울 때도 있다. 필자는 이 책이 남자들을 위하여 써진 것 같은
인상을 받았다. 이를테면 여자의 마음을 낚는 방법 3가지는 강
조하면서 여성이 남성을 사로잡는 방법은 제시되어 있지 않다.

일반적인 남자의 성격과 상업적 거래할 때 주의하고 참고할 만한 점을 강조한 것 같다. 문명이 진보하는 속도에 훨씬 못 미치는 것이 인간의 심리라고 했다. 인간 심리의 진실은 진보도 비약도 별로 없다. (웃음)

밖으로 드러난 일반적인 성격 판단의 몇 형태 (p. 47~74)
향수 냄새 풍기는 신사, 옷차림 신경, 공통된 성격과 심리

양복, 넥타이, 구두, 허리띠, 안경테, 넥타이핀, 시계 등 거기에 신사용 화장품을 써서 향수 냄새를 풍기는 사내는 취미에 관한 화제가 빈곤하고, 심리적으로 자기를 장식한다는 의식이 강하며, 외관을 꾸밈으로써 남보다 우위의 입장에 서서 내부의 약점을 커버(cover)하려는 일면이 있다. 신경질, 소심증, 내향형이 대부분이며, 머리칼이 흐트러지거나 넥타이 매듭 같은 것에 극단적으로 신경을 쓰는 타입이다.

결벽성과 자폐성

사람은 대개가 남의 일을 간섭하지 않으며, 자기도 간섭받기를 원하지 않는다. 자기가 맡은 일은 남에게 맡기지 않고 끝까지 책임진다는 일관성을 지닌 사람이 많다. 결벽성은 자기의 더러운 것을 남에게 보이고 싶지 않은 성격, 이를테면 속옷은 부인이 있어도 자기가 빠르다. 성격상으로 그러한 성격으로 말미암아 내향성, 자폐성이 강하기 때문에 상대가 이런 타입이면 신경질적이고 신중한 성격을 지니기 때문에 섣불리 리베이트(rebate. 물질 공세) 전술(戰術)을 사용하는 것은 금물이다. 경계심이 강하므로 충분히 설득하는 것이 필요하다. 상대방을 느긋하게 대하여 상대방을 충분히 관찰할 필요가 있다.

조울질(躁鬱質)

얼굴 유형과 성격 판단 관계 설명은 무척 흥미롭다. 얼굴이 둥글고 뚱뚱하며, 목이 굵고 짧다. 가슴은 작은 데 배가 불룩 나왔다. 팔다리가 짧고 굵다. 얼굴은 조화를 이루고 있고, 얼굴 모양은 5각형이다. 두발 머리카락은 부드러우며 약간 곱슬머리가 많다. 성격은 친절하고 유머가 있어 쾌활하고 애교가 있는 호인물(好人物)이다. 행동은 느릿하며, 만사에 활동적이며, 일에 열중하기 쉽다. 머리가 벗겨지고 살이 찌고, 호인이란 결론이 나온다. 동정심과 배려심이 높고, 인정에 호소하면 나약한 면을 보인다. 마음씨 착한 현모양처 감이다.

분열질(分裂質)

조울질과는 반대의 유형, 몸이 가늘고 빈약하며 허리, 팔다리,

손가락 등이 가늘고 길며 섬세하다. 모발은 풍부하나 딱딱하며, 백발이 되기 쉽다. 눈썹, 수염 등의 체모(體毛)가 짙다. 주위에 몹시 무관심하며, 성실하고 꼼꼼한 편이다. 자연과 책과 친해지며 고독을 사랑한다. 싸늘함을 지니기 마련이며, 본성은 에고이스트(egoist, 이기적)고, 일반적으로 냉혹하고 냉담한 심정의 소유자가 많다.

행동은 기민하고, 돌발적인 수가 많다. 분열질의 최대 특징은 의식의 분열 경향에 있다고 하겠다. 항상 후회하거나 불평불만을 마음속에 지니며, 열등감, 소심증, 겁, 수치심, 엘리트 의식, 오만, 비상식 등을 공존시키고 있으며, 다루기 어려운 타입이다.

여성은 표리(表裏)가 많은 여자로서 남자 앞에서 새침을 떨고, 나긋나긋하게 교태를 보이는 등 변덕이 심하여 종잡을 수 없다. 고도의 지성적이며, 사색적이거나 논리적인 면을 지닐 수 있다. 남자가 좋아하는 타입이다. 동성끼리는 평이 나쁘다.

점착질(粘着質)

골격이나 근육이 훌륭하고 단단한 체격. 어깨와 가슴이 두껍고 폭이 넓다. 일반적으로 스포츠 선수, 복서, 레슬러, 유도 등에 많다. 이 성격의 특징은 끈질기다. 말수가 적고, 견실하고 의리가 있으며, 보수적 타입이다. 은혜를 잊지 않고 갚을 줄을 안다.

지배적, 명령적인 자세로 남에게 강요하기도 한다.

여성은 미인 선발대회에 등장하는 것도 대체로 이런 부류이다. 당당한 몸매가 매력의 포인트다. 미세하고, 교묘한 수단 방법은 필요치 않으며, 처음에는 기분이 쉽사리 움직이지 않지만 일단 불이 붙으면 거침없이 타오른다. 일편단심을 바친다. 참을성 있고, 건전한 현모양처 타입이며, 부지런하고, 남편이 얌전하거나 무능하면, 안 주장 살림이 될 가능성이 있다.

잠재 심리를 읽는 법 (p. 93~105)

남자는 대개가 음담패설을 좋아한다. 섹스 이야기를 피하는 사내에게는 욕구불만이 있다. 근엄하고 점잖은 신사도 음담패설에는 웃는다. 정상적인 정신의 소유자라면 음담에 흥미를 느끼지 않는 사내는 없다. 아무튼 섹스에 관한 것이 되면 의식적으로 화제를 돌리거나 저혀 흥미나 관심을 나타내지 않는 사내도 드물지 않다. 잠재 심리에 성적 욕구불만, 열등의식, 겁 등이 숨겨져 있다. 그런 사내가 남몰래 도색잡지를 읽고 춘화 사진을 수집하는 등으로 혼자 즐기는 경우가 적지 않다.

겁쟁이

원인으로 어려서부터 과보호 환경에서 자랐거나 반대로 육친의 애정이 결려 된 데서 자랐을 때, 가정환경이 극단적으로 엄격했을 때, 결국 열등의식이 동기일 때가 많다. 여자 앞에서 극단적으로 자기 과시, 사내다움을 뽐내려고 하는 심리, 가면으로는 안전 주의를 쓴다. 성실한 인격자란 평을 받기 위하여 열심히 연기 한다.

열등의식과 가면

열등의식을 가진 자는 흔히 권위를 내세우거나 성실한 체하며 때로는 지나치게 예절 바르고, 상냥한 데가 있는 수가 많다. 부탁받은 일은 기꺼이 해주고, 남의 일 돌보기를 자기 일하듯 하는 인물이다. 상사에게 굽신거리며, 아첨하며, 출세를 위하여 무슨 짓이건 하려고 한다. 그러나 이런 연기가 불필요한 가정에서나 직장에서는 가면을 벗어버리는 경우가 있다. 가정에 가면 폭군으로 변하기도 한다.

좋은 면으로 작용하면 자극의 구실을 하여 크게 분발하여 노력하는 경우도 있다. 저명한 학자나 정치가, 작가 등에서 열등감을 강하게 의식하면서 극복하여 크게 성공한 기록을 볼 수 있다. 세계적인 위인의 정기 같은 데도 자주 그 예를 본다.

자동차 운전으로 열등의식을 알 수 있다.

자기 차가 남의 차에 추월당하는 것을 원치 않는 운전사는 의외로 많다. 추월당한다는 것이 자기가 뒤떨어진다는 의식(意識)이 되어버리는 것이다. 즉 자동차와 인격을 착각하는 것이다. 교통사고 가운데 자동차끼리의 경주가 원인이 되어 사상자를 내는 경우가 많다.

우월감이나 동정심

우월감이나 동정심은 자기와 동등한 상대방에 대해 가장 강하게 의식되는 심리이다. 우월감에는 이쪽에 대한 경계심이나 대항 의식을 제거해 주지 않고는 좀처럼 본심을 털어놓지 않는다. 이때 가장 빠른 것이 아첨 전술일 것이다. 상대방이 우쭐대고 있는 일이 있다면 거침없이 칭찬해 주는 것이 효과적이다. 상대가 남자면 제삼자를 통해 은근히 칭찬하는 것이 효과적이다. 여자 경우에는 직접 듣는 데서 약간 과장하여 칭찬하는 것이 효과적이다.

사람을 능숙하게 다루자 (p. 154)

엘리트(elite) 의식이란 특권의식, 자만심, 비상식, 남을 얕보는 무례, 동료의식이 강하여 저들끼리 집단의식과 파벌 같은 것을 구성한다. 배후의 권위를 등에 업고 있기에, 이쪽에서도 권위를 보이면 그들의 태도가 달라질 수도 있다. 엘리트 의식의 소유자에게 이쪽에서 상대방의 약점을 알고 대하면 좀 쉬워진다. 엘리트가 돈에 약한가? 인정에 약한가? 욕구불만?, 자란 환경?, 과거의 경력과 사건을 미리 알고 심리적인 면에서 접근하면, 상대방의 약점을 미리 알면, 거래가 이루어질 수도 있다.

여성의 마음을 읽는 법 (p. 122~130)

지성과 교양이 부족하거나 교태가 지나친 여자는 결국, 유혹 당하기 쉬운 여자로 남자에 있어서도 아무런 약이 못 되는 매력 없는 여자가 대부분이다.

첫째는 칭찬, 둘째는 박력, 셋째는 무드(mood 기분) 이다. 자기를 칭찬해 주고, 자기를 아름답다고 인정해 주는 남자, 여자 앞에서 다른 여자를 칭찬하는 것은 금물이다. 올드 미스(old miss)는 그녀의 직책을 인정해 주어 업무에 보람을 느끼게 해줘야 한다. (p. 153) 여자가 좋아하는 영화, 연극, 어려운 내용의 대화는 금하고, 비슷한 수준으로 대화 나눈다. 예부터 여자에 대한 무기라면 억지, 돈, 사나이다움이라 했다. 남자의 억지를 여자의 입장에서 본다면, 이토록 기분 좋은 유혹이 또 없다.

바다가 보이는 호텔에서 식사하고, 로맨틱한 드라이브를 즐기며, 어둠스레한 촛불 아래서 음악이나 술을 즐기는 것은 확실히 효과적이다. 여자를 함락시키기 위한 일반적인 3가지 방법으로는 칭찬할 것, 밀어붙일 것, 분위기를 갖는 것이다.

영국의 철학자 버트란드 럿셀 (Bertrand Russell)은 일반적으로 말해서 여자는 남자를 성격 때문에 사랑하는 데 반해서 남자는 여자의 외모를 보고 사랑하는 경향이 있다고 했다. (웃음)

「불안이 밀려올 때 대응법」(『동아일보』 2023.11.7)

박상미 한양대 교수의 '마음 처방'이란 글이 게재되었다. 미국 심리학자 너니 J 젤린스키의 연구에 따르면 "내가 걱정하는 일의 96%는 일어나지 않을 일"이다. 4%만이 걱정하고 대비해야 대처할 수 있는 진짜 사건이다. 진짜 사건에 대해 에너지를 집중해서 대응할 수 있도록 96%의 쓸데없는 걱정을 버려야 한다. 마음을 안정시키는 방법을 구체적으로 제시한 좋은 내용이라 옮겼다.

진화심리학적 관점에서 보면 적당한 불안은 동기부여의 힘이 되기도 한다. 불안한 마음이 닥쳐오면 당황하지 말고, 글자로 표현해 보면 좋다. '왜 불안하지?' 하며 확실하게 묘사하면 고통은 멈춘다. 불안할 때 '나는 왜 자신감이 없지? 나는 오늘까지 잘 살아온 거야'라고 하며 잘난 척도 해보자. 그리고 너무 큰 계획을 세우지 말고 100% 성공할 수 있는 작은 일을 하고 성취감을 느껴보자.

불안할 때 3가지만 실천하세요. 첫째 뻔뻔해지자. 뭔가 잘못되었다고 생각하며 실패 경험 떠올리지 말자. 둘째 넓은 곳으로 가자. 시야가 확 트이는 곳에서 먼 곳을 보자. 좁은 공간에 있으면 나를 불안하게 만드는 문제가 더 크게 느껴진다. 셋째 작은 일을 성취하자. 불안을 많이 느끼는 사람의 공통점은 늘 너무 큰 계획을 세운다고 했다. 좋은 내용이라고 생각되어 인용했다.

2부

자신을 위한 자유로운 시간

자신을 위한 자유로운 시간

생활 주변 어디서고 모바일 폰(mobile phone) 읽기에 열중하는 모습을 본다. 통신 수단의 발달과 인터넷으로 세계화가 이루어지고 있어서 지구촌의 잡다한 정보가 쏟아져 들어온다.

미국의 공중보건 서비스 단장 머시(Murthy)는 SNS는 일상을 왜곡, 과장, 사이버 괴롭힘 같은 콘텐츠를 끊임없이 권유하며, 인스타그램에서 활동하는 마약상으로부터 구한 마약성 진통제(펜타닐)로 청소년들이 중독돼 간다고 했으며, 바이든 대통령도 아이들이 온라인 무법천지에 노출돼 있다. (『조선일보』2024. 8.1.) 미국 뉴욕주는 청소년에게 SNS 추천 콘텐츠 제공을 금지하는 법을 만들어 통과시켰다. (『동아일보』2024.6.20) 한국에도 이런 법이 필요하다.

청소년 시절의 독서는 정서적으로 훌륭한 에너지를 충전해 준다. 영국의 소설가 모음(Maugham, W. Somerset)은 '책이 우리 생애에 깊은 영향을 주는 것은 아마 소년 시절일 것이다. 소년 시절에는 책들이 점치기라도 하듯이 우리의 장래를 예고해 주며, 인생의 긴 여로나 수난을 점쟁이처럼 영향을 주는 것이다.'

개인에 따라 취미생활은 다양하고 휴식을 취하는 방법도 여러 가지겠지만 독서는 경제적 부담도 육체적 번거로움도 없다. 현명한 사람은 세상일이 번거로울 때 서적에 의지하여 자위할 수 있다. (프랑스의 위고, Victor Hugo). 자신만을 위한 자유로운 자투리 시간에 책을 읽자.

1. 젊었을 때 애송했던 영어 명연설문

『英語 명언 · 명연설』(1987. 이영하 편저자) 255쪽.

(The World's Great Speeches & Quotations)

『영어 명언 · 명연설』에는 연설, 회화, 작문, 낭독, 암송, 받아쓰기 등 여러 가지 방법으로 이용할 수 있는 참고서 같은 역할을 할 수 있는 내용이 담겨있다. 격언, 명언과 더불어 세계적인 정치가, 유엔(UN)총회나 대통령의 취임 연설, 유명한 장군, 문호, 대학 총장 등 연설한 중에서 명문장을 골라 게재돼 있다. 평화, 행복, 사랑, 인생, 전쟁, 정치, 자유, 서적, 학문 등에는 우리가 들어본 내용들도 많다. 이 책의 편자는 "전차나 버스를 기다리는 동안, 또는 짧은 휴식 시간 등 틈나는 대로 호주머니에서 책을 꺼내서 읽고 싶은 장을 펴서 읽어 나가는 것이 좋을 것"이라고 했다.

에이브러햄 링컨 대통령의 게티스버그 연설
(From Gettysburg Address)

미국의 에이브러햄 링컨 (Abraham Lincoln · 1809~1865) 대통령이 1863년 11월 19일 펜실베이니아주 게티스버그에서 국립묘지의 헌납에 즈음하여 행한 연설 중에서 발췌했다. (p. 158)

우리는 여기서 이 전사자들의 죽음이 헛되지 않도록 굳게 결의하자. 이 나라로 하여금 하나님 밑에서 새로운 자유의 탄생을 획득하게 하자. 그리고

"인민의, 인민에 의한, 인민을 위한 정부를 이 지상에서 멸절시키지 않도록 하자. (Government of the people, by the people, for the people, shall not perish from the earth.)"

링컨 대통령은 분쟁하는 집은 서지 못한다
(The House Divided)

"분쟁하는 집은 서지 못한다. 언제까지나 절반은 노예요, 절반은 자유인 상태로서는 이 나라가 오래 계속될 수 없다고 나는 믿습니다.(A house divided against itself cannot stand. I believe this government cannot endure, permanently half slave and half free)"

분열을 막기 위해서 남북전쟁(American Civil War, 1861~1865) 즉 「노예해방 전쟁」이 일어났다. 전쟁은 북부군의 승리로 끝냈다. 그러나 링컨 대통령은 노예 전쟁이 끝난 후 5일 만에 남부 지지자에 의해 암살(1865.4.15.)되었다.

참고로 미국이 영국의 식민지 지배하에 봉기했던 13개 주 대

표들이 미국 독립 선언에 서명(1776.7.4.)하고 아메리카 합중국을 수립했다. 당시 미국의 북부에는 상공업이 발달했고, 남부에는 면화, 담배, 사탕수수 대농장이 많았다. 남부에 아프리카 흑인 노예를 투입하여 짐승처럼 부렸고, 신체적 폭행과 고문을 하였으며, 물건처럼 사고팔았다. 남부군은 노예제도 존속을 주장했다.

국제연합 유엔(United Nation · UN)의 창설

프랭클린 D. 루스벨트 대통령은 국제연합 유엔(UN)이란 명칭을 고안했고, 창설에 공로가 컸다. 유엔의 목적은 국제 평화와 안전 유지이다. 세계 2차 대전 중 미국의 수도 워싱턴 D.C. 에서 4대 강국인 미국, 영국, 소련, 중국의 대표가 국제기구 창설에 합의(1944)했으며, 1945년에 미국 샌프란시스코에서 국제기구 연합국 회의에 50개국 대표가 회합했다. 1945년 10월 24일 UN이 공식 출범했다.

4개의 자유(Four Freedoms)

루스벨트 대통령은 연두교서에 4개의 자유(Four Freedoms, 1941.1.6)를 말했다. 언론과 표현의 자유(Freedom of speech and expression), 자기에게 알맞은 방법으로 하나님을 예배할

자유(Freedom of every person to worship God in his own way),
궁핍으로부터의 자유(Freedom from want), 그리고
공포로부터의 자유(Freedom from fear)이다. (p.192)

케네디 대통령의 취임(Inaugural Address) 연설 중에서

미국의 제35대 대통령 존 케네디(John F. Kennedy, 1917~
1963)의 취임 연설(1961.1.20.) 중에서.

"존경하는 국민 여러분, 국가가 여러분을 위해 무엇을
해줄 것인가를 묻지 말고, 여러분이 국가를 위하여 무엇
을 할 수 있는가를 생각해 주십시오. 세계시민 여러분,
미국이 여러분을 위해 무엇을 해줄 것인가를 묻지 말고,
우리가 함께 인간의 자유를 위해 무엇을 할 수 있는가를
생각해 주십시오."

"My fellow Americans : ask not what your country can
do for-ask what you can do for your country. My fellow
citizens of the world : ask not what America will do for
you, but what together we can do for the freedom of
man)." (p. 165)

"두 진영이 과학의 두려움 대신에 과학의 놀라움을 찾
아봅시다. 함께 별을 탐사하고, 사막을 정복하고, 질병

을 근절하고, 대양의 심해를 개발하며, 예술과 상업을 장려하도록 합시다." (생략)

"Let both sides seek to invoke the wonders of science instead of its terrors. Together let us explore the stars, conquer the deserts, eradicate disease, tap the ocean depths, and encourage the arts and commerce."

세계적인 핵전쟁
(World-wide Nuclear War) (p. 144~146)

(케네디 대통령이 1961년 9월 25일 UN 총회에서 행한 연설, 1963년 6월 10일 아메리칸 대학에서 행한 연설 중에서)

"핵무기 시대, 세계적인 핵전쟁, 승리의 열매를 거둔다 해도, 재를 씹는 것이나 다름없을, 세계적인 핵전쟁을, 우리는 서투르게 또는 불필요하게 저지르는 일은 없을 것이다. 그러나 우리는 전쟁이 불가피한 경우에도 그 위험에서 꽁무니를 빼는 일도 없을 것이다."

"「The Nuclear Age」, 「World-wide Nuclear War」, We will not prematurely or unnecessarily risk the costs of world-wide nuclear war in which even the fruits of victory would be ashes in our mouth-but neither will we shrink from that risk at any time it must be faced."

"**전면전쟁은 무의미하다.** 한 개의 핵무기가 2차 세계
대전 중 연합군 측의 전공군이 투하한 폭탄의 거의 10배
나 되는 위력을 갖는 시대에는…. 핵전쟁으로 인해서 생
겨난 사나운 독이 바람이나 물 또는 씨로 말미암아 지구
의 구석구석까지 날라지고, 아직 태어나지 않은 세대에
까지 영향을 미치는 시대에 전면전은 무의미한 것이다."
(p.147)

"「Total War Makes No Sense」, It makes no sense in
an age when a single nuclear weapon contains almost ten
times the explosive force delivered by all of the Allied air
forces in the Second World War. It makes no sense in an
age when the deadly poisons produced by a nuclear
exchange would be carried by wind and water and seed to
the far corners of the globe and to generations unborn."

속담과 명언(Proverb & Famous Sayings)

미국의 웅변가 헨리 페트릭(Henry, Patrick 1736~1799)의 말
이다.

* 자유가 아니거든 죽음을 달라. (Give me liberty, or give me
death).

* 여윈 자유인은 살찐 노예보다 낫다. (Lean liberty is better
than fat slavery).

* 나에게는 나의 갈 길을 비춰주는 오직 하나의 등불이 있다. 그것은 경험의 등불이다. 나는 과거에 비추어 보지 않고서는 미래를 판단하는 방법을 전혀 알 수 없다. (I have but one lamp which my feet are guided; and that is the lamp of experience. I know of no way of judging of the future but by the past.)

* 1936년 12월 영국의 왕 에드워드 8세 (Edward, Duke of Windsor, 1894~1972)가 퇴위하면서 한 말이다. <왕위냐 사랑이냐? Crown or Love>에서 에드워드 8세는 이혼의 경험자였던 심슨 부인을 사랑하게 되어, 결국 왕위 (영국의 왕 겸 인도제국 황제) 자리를 버렸다. 에드워드 8세는 1936년 1월 20일부터 동년 12월 4일까지 1년간 권좌에 있었다. 이 말은 1936년 12월11일 라디오를 통해 방송된 유명한 말이다. (p. 78)

"나는 사랑하는 여자의 도움과 뒷받침 없이는 제대로 왕으로서의 중책을 맡아 그 의무를 다할 수 없음을 알았다."

"I have found it impossible to carry the heavy burden of responsibility and to discharge my duties as King as I would wish to do without the help and support of the woman I love."

* 영국의 처칠 (Winston Churchill, 1874~1965) 수상이 1941년 12월 미국 의회에서 행한 연설 중에서 한 말이다. 나는 영국 하원의 아들이다. 나는 아버지 집에서 자랐고, 민주주의를 신봉하게 되었다.

　'국민을 믿어라'는 것이 아버지의 당부였다. 그대들의 나라에서처럼 "공무를 맡은 사람들은 국가의 종이 되는 것을 자랑스럽게 생각하고, 그 주인이 되는 것을, 부끄러운 일로 알고 있다. ('Trust the people' was his message…, public men are proud to be servants of the State and would be ashamed to be its masters.) 고 했다." (p. 162)

　처칠은 "비관론자는 모든 기회에서 어려움을 찾아내고, 낙관론자는 모든 어려움에서 기회를 찾아낸다. (An optimist sees the opportunity in every difficulty. A pessimist sees the opportunity in every difficulty.)"

명언

　* 큰 희망은 큰 사람을 만든다.(Great hopes make great men.)
　* 타고난 현인은 없다.(No man is born wise.)
　* 독서는 완전한 사람을 만든다. (Reading makes a full man.)
　* 인생은 불확실한 항해이다. (Life is an uncertain voyage.)

* 인내와 돈과 때가 모든 일을 성취한다.

(Patience, money, and time bring all things to pass.)

* 가장 훌륭한 정복자는 자신을 이겨낸 사람이다.

(He is the greatest conqueror who has conquered himself.)

* 사람은 누구나 자신의 결점은 보지 못한다.

(No one sees his own faults.)

* 아쉬울 때 돕는 친구가 참된 친구다. 친구는 역경에 처했을 때 가장 잘 발견된다.

(A friend in need is a friend indeed. A friend is best found inadversity.)

* 정직한 사람은 가장 고귀한 하나님의 작품이다.

(An honest man's the noblest work of God.)

* 때에 따라서는 바보 같은 노릇을 하지 못하는 사람은 현명한 사람이 아니다.

(He is not a wise man who cannot play the fool on occasion.)

* 고생도 지내놓고 보면 즐겁다. (Past labour is pleasant.)

* 실패는 성공의 근본이다. (Failure teaches success.)

* 근면은 성공의 근원이다. (Industry is the parent of success.)

* 토끼 두 마리를 좇는 사람은 한 마리도 못 잡는다.

(If you run after two hares, you will not catch neither.)

* 위대한 일로서 쉬운 것은 없다. (Nothing great is easy.)

* 찬찬하고 착실히 하는 자가 경쟁에 이긴다.

(Slow and steady wins the race.)

* 정직한 수고와 진지한 노력에는 행운이 뒤따른다.

(Fortune waits on honest toil and earnest endeavor.)

* '행복의 추구(The Pursuit of Happiness)'에서 로버트 맥레버 (Robert Maclever)가 한 말이다. "행복은 그것을 잊어버리는 것, 기꺼이 주고, 애쓰고, 고생하고, 참음으로써 얻어지는 것이다. 이것은 이중의 역설이다. … 큰 것을 얻으려면 큰 것을 주지 않으면 안 된다." (You get it through forgetting it, being willing to give, to strive, to suffer and endure. It is a doubleparadox. … You must give greatly to find greatly.) (p. 66)

* 사람의 행·불행을 좌우하는 것은 비교라는 것이다. (It is comparison that makes men happy or miserable.)

『영어 명언·명연설』에는 암송하고 싶은 문장, 명언들이 차고 넘친다. 독자가 글을 쓰고 싶거나 문학 지망생이라면 이 책을 꼭 읽어보길 바란다. 영어 공부도 된다.

2. 어느 목사님의 신앙고백

『믿는 나, 믿음 없는 나』

(1998. **강원용 지음**) 304쪽.

여해 강원용(如海 姜元龍, 1917~2006) 목사는 함경남도 출생, 32세 때 목사안수를 받았다. 필자가 다녔던 서울 장충동에 있는 「경동교회」 목사이었다. 설교 잘하기로 유명했다. 1959년부터 크리스천 아카데미 운동을 시작하여 한국 현대사에 큰 발자취를 남긴, 기독교 신학자이자 철학자, 통일 운동가였다. 한국 현대사의 소용돌이 속에서 열린 사랑, 열린 종교, 대화로 협력해 보려고 화해의 길을 열기 위해 노력하였다.

강원용 목사는 14세 때 신앙이 싹텄다. 기독교 신자가 된 지 67년, 그 자신의 신앙이 그동안 어떻게 변해왔는지를 증언하며, 기독교 신자뿐만 아니라 일반인들에게도 『믿는 나 믿음 없는 나』가 도움이 되기를 바란다고 했다.

성경을 읽는 태도와 성경이 써진 상황

한국 그리스도교의 문화적 배경, 특히 청교도주의와 원시종교 샤머니즘(Shamanism)과 유교적 가부장 제도에 관한 내용은 기독교적인 이론과 동시에 편협하고 옹졸했던 필자의 믿음의 세계를 넓혀주었다.

성경은 중동지역을 중심으로 기원전 900년부터 기원후 100년 경까지 약 1000년 동안 여러 사람에 의해 쓰였다. 그러기에 우리가 시간과 공간의 변화를 고려하지 않고 성경을 읽는다면 하나님의 말씀이 아니라 돌에 새긴 죽은 언어를 읽는 셈이다.

창세기가 쓰진 약 3000년 전은 사람이 자연을 정복하던 시기가 아니라 자연이 사람을 정복하던 시기였다. 구약의 지역적인 배경은 팔레스티나, 아시리아, 레바논, 이집트 지역이고, 신약은 희랍, 로마권 내 소아시아에 있는 7개의 교회이다.

종교에 대하여 열린 자세로 임해야 한다.

목사님은 「사도신경」에 대하여 자세한 설명을 곁들었다. 성경은 갈릴레오의 지동설이 나오기 전에는 천동설을 믿었다. 그때 땅끝은 스페인을 가리킨다. 지구라는 별은 1000억 개의 별들로 구성된 은하계에 속해있다. 아직 과학이 밝혀내지 못했을 뿐, 별들 가운데 사람 같은 영적인 존재가 사는 곳이 지구밖에 없다고 단정 지을 수도 없다. 가능성은 남아있다.

그리스도는 인간이 가지고 있는 참된 한계를 보여준다. 우리는 기독교가 아닌 불교의 스님들 특히 도의 경지에 든 스님 같은 분들에 의해서도 새로운 것을 배우려는 자세를 지녀야 한다.

열린 자세를 가지고 늘 도움과 용서를 기원하며 앞으로 나아가는 것이다.

「사도신경」은 대단히 소중한 문서로 여겨지나 해석하고 비판할 여지가 없다고는 생각하지 않는다. 본문 22쪽에 그때는 혼란에 빠졌기에 공동의 신앙고백서로 만들어야 하는 필요성을 인식했다. 그 당시에는 신학적 견해로 중요한 자료들이 마귀 문서로 치부되어 사장되거나 불태워졌지만, 「도마 복음서(Gospel of Thomas)」 같은 것은 예수님을 이해하는 데 굉장히 중요한 자료들이다. 예수와 제자들의 대화를 기록한 책이다. 절대적인 입장을 버리고 열린 자세로 신학을 연구해야 한다. 참고로 성경에 나오는 예수님의 별명은 죄수의 벗, 또는 세리와 창녀의 벗이다.

현실 상황과 어울리는 설교(Now and Here) (p. 300)

설교는 성경 본문 읽고 해석하는 게 아니다. 밤낮 성경만을 가지고 이야기한다. 2000년 전 중동 아시아에서 일어난 이야기가 오늘날 우리와 무슨 상관이 있는지 고민해야 한다.

기도는 주님을 향해 감사드리고 회개하며 기원하는 것이다. 기도에는 3가지 종류가 있다. 자유 개인기도, 공동체 기도인 중보 기도, 성문 기도 리터지 (liturgy)가 있다. 성문 기도는 고도의 상징을 통해서 하나님을 가리키고 있다. 예로 성찬의 빵, 포도

주 같은 것이다. 목사가 신도에게 하고 싶은 소리를 써서 읽기도 한다. 카톨릭 중에서도 개신교와 성공회도 전부 성문 기도 리터지만 한다. 개신교 기도에는 자아 중심으로 된 우리 마음을 비우고 성령의 바람이 불어 들어오게 하는 명상 혹은 영성(meditation, spirituality)이 없다. 하루빨리 고쳐야 한다고 했다.

성경이 써진 시대 상황 탓 · 예수님이 오신 시대는?

창세기의 기록이 완성된 것은 지금부터 약 2500년 전이다. 구전(口傳) 되어오던 이스라엘 창조신앙을 문자로 기록한 것이 창세기다. 출애굽기, 민수기에는 여자와 어린아이는 인구에서 제외하고 인구조사를 했다. 아들만 있었다. 딸에 다윗왕이 여러 여자에게서 아이를 낳았으며, 어느 여자에게서 누구를 낳았는지 대한 기록이 나온다. 우리야의 아내 바쎄바와의 관계도 익히 알고 있다. 예루살렘 성전을 지은 솔로몬왕이 700명의 후궁과 300명의 첩을 거느리고도 훌륭한 왕으로 칭송받았다.

'여성에게 영혼이 있는가?'

예수님이 오신 시대, 유대인의 기도문에 "내가 이방인으로 태어나지 않고, 여자로 태어나지 않은 것을 감사드린다."고 했다. 남녀 성차별, 남존여비 사상이 강했다.

여자를 당나귀나 소처럼 동력으로 물건 취급했다. 중세 시대 여성 혐오자들이 많았다. 종교회의에서 '여성에게 영혼이 있는가?'라는 문제를 가지고 투표까지 할 정도였다. (P. 225)

참고로 성경은 윤리 교과서가 아니라 복음을 선포하는 책이다. 1500년 전, 1000년 전, 50년 전, 시간과 장소가 다르다. 중동지역, 아프리카지역, 남미지역의 문화적 뿌리가 다르다. 시간과 장소가 다르다. 이를테면 그 시절에는 낙태 문제, 안락사 문제, 정자은행 문제가 없었다.

목사 서약 중 「사도신경과 웨스트민스터 요리문답!」을 해야 한다! (p. 21)

"나는 서른두 살에 목사 안수를 받았는데, 서약 중 "사도신경과 웨스트민스터 요리문답 때, 다 틀림없는 것으로 믿습니까?" 하는 질문에, "예"라고 대답해야 한다. 그러나 지금은 그렇게 대답하기 어려울 것 같다. 사도신경을 대단히 소중한 문서로 여기고 있지만, 그것이 해석하고 비판할 여지가 없다고는 생각하지 않는다.

신학을 연구하는 데 있어서 절대적인 입장을 버리고 열린 자세를 지녀야 한다. 이것만이 절대로 옳다고 고집하는 것, 신앙이 고정관념에 사로잡히면 그것은 죽은 믿음이다. 열린 자세를 지녀야 한다.

「믿음 없는 나를 도와주옵소서」 (마가복음 9:24)

이 책의 주된 논제는 나 자신 속에는 믿는 나와 믿음 없는 내가 항상 함께 존재한다. 이것이 이 책을 쓰고 있는 '나의 마음가짐'의 전제라 할 수 있다. 나는 이것이 참으로 좋은 신앙고백이라고 생각한다. 나 자신 속에는 '믿는 나'와 '믿음 없는 나'가 항상 함께 존재해 왔다. 너무나 큰 고난에 짓눌려 괴로워하고 의심하는 믿음이 들 때, 나를 지탱하고 지켜준 것은 바로 "믿음 없는 나를 도와주옵소서"라는 기도였다."

한국의 기독교의 문화적 배경

5천 년 한반도 역사 중 우리나라에 예수님이 알려진 것은 가톨릭은 210년, 개신교는 110년밖에 안 된다. 한국의 개신교 전래 1885년 미국의 언더우드(Horace Underwood, 1859~1916)와 아펜젤러(Henry Appenzeller, 1858~1902)를 통해 도입되었다. 1985년 100주년 기념행사를 했다. 기독교는 무신론에 바탕을 둔 공산주의를 받아들이지 않았다.

한국의 기독교는 유교의 가부장주의와 서양의 청교도주의라는 보수적인 전통에 뿌리를 두고 있다. 미국의 청교도(淸敎徒, Puritans)는 형체를 가진 모든 것을 우상(idol)으로 여겨 배척했고, 벽에 사진도 걸지 않았으며, 심지어 예수님 그림도 안되었다. 한국의 제사 의례를 우상 숭배라 금지했다.

청교도의 잘못된 믿음 (p. 27)

존 번연(John Bunyan, 영국, 1628~1683)의 『천로역정(The Pilgrim's Progress)』은 그들의 사상적 대표작이다. 계율 주의자, 엄격한 도덕주의다. 퓨리턴(Puritans, 청교도)은 철저한 개인주의적 내면 주의적인 사고방식이다. 죄는 용서하지 않으면서, 미국이란 나라가 저지른 죄는 문제 삼지 않았다. 아프리카에서 원주민의 땅을 빼앗고, 흑인을 잡아 와 짐승처럼 다루었다. 당시 노예수송선의 이름이 '착한 주님 예수 그리스도'였다. 흑인문제나 남북전쟁도 여기서 비롯됐다.

청교도의 잘못된 믿음은 하나님에 대한 이해가 기독교와 근본적으로 달랐고, 십계명에 대한 해석이 다르며, 야훼(Yahweh, 히브리어) 이외의 신은 다 우상이다, 라고 했다. 그러나 이것은 잘못이다. 결국 많은 갈등을 품고 강 목사는 캐나다로 가서 많은 깨달음을 얻었으며 내 눈을 열어주었다고 했다.

성부이신 하나님 이야기 (p. 38~41)

강 목사님은 간도(중국 길림성 동남부 지역) 중학교에 다닐 때도 시골에 사는 소년 가장이었고 돈 한 푼 없는 고학생이었다. 성경을 읽으면 하나님은 잔인한 분이란 생각이 들었다. 불바다로 변한 소돔과 고모라 이야기와 구약의 출애굽기를 봐도 이집트 병사들을 모두 물로 덮어버렸다. 무서운 하나님의 인상이 오랫동안 머리에 남아있었다. 하나님은 누가 창조하셨을까? 선악과를 왜 만들어 병 주고 약 주고 하는가?

중학교를 기독교 학교로 가게 되었다. 중학교 4년 동안에 강 목사가 스트라이크(Strike) 일으켜서 쫓아낸 선생님이 9명이었다. 그중 한 선생님은 진화론(『종의 기원』)도 배울 필요가 있다고 말해서, "나는 다윈(Charles R. Darwin)이 마귀이기 때문에 배울 수 없다며 내쫓아버렸다." 철두철미하게 신앙을 지키려 했다. 마음이 조금이라도 흔들리면 마귀의 시험이라고 여겨 더욱 열심히 기도에 몰두했다. (웃음)

그런데 의문이 생겼다. 일본인이 만주에서 벌인 야만적인 행위를 보고, 수업 도중에 좋아하는 선생님이 두 분 다 체포되셨을 때 '하나님은 의로우시고, 악을 심판하시는데 어째서 이런 일본인들을 그냥 놔두시는가?' 8·15해방이 되자 하나님의 능력에 대해 다시 희망적으로 생각하였다.

"여러분은 하나님을 부르며 기도할 때 눈앞에 어떤 이미지가 떠오르는가?"

나는 이 물음이 대단히 중요하다고 생각한다. 나는 기도할 때마다 하나님이 사람의 형상으로 나타나는데, 별나라에 사는 60대가량의 노인으로 얼굴은 인자하면서 무섭기도 한 그런 모습이었다. 그러나 하나님이 존재하는 별은 없다. 우주 비행사들은 아무리 올라가도 하나님은 안 계신다고 말했다. (웃음)

강원용 목사님은 독자들과 종이 한 장 가로막이 없이 투명하게 마음을 열고 이 책을 썼다고 느낍니다. 구약은 하나님 아버지 이야기, 신약은 성자 예수님 이야기, 사도행전은 성령 이야기이다. 「성령」은 바람 또는 공기란 뜻이다. 성령은 사랑의 에너지다. 예수님은 진리(성령)가 너희를 자유케 하리라. (요한복음 8:32) 진리란 소유하는 것이 아니라 부단히 찾아가는 것이다. 그래서 진리를 통해 자유를 얻는 것이다.

악마, 사탄(Satan, Devil)이란 무엇인가?

아름답고 유혹적인 여인형이다. 악마는 하나님이 만들지 않았다. 악마는 천사가 변질된 것이다. 예수를 따라다녔다. 악의 영은 교회 안에서 온갖 거룩한 모습으로 나타난다. 영화『최후의 유혹』에 나온다. 칼 바르트는(Karl Barth, 1886~1968) 2차 세계대전 때 히틀러에 의해 전쟁에 휩싸인 유럽을 보고 "예수님이 악마의 시험을 받은 광야이다"라고 했다.

인간이 생태계를 범한 죄가 있다. 1946년 일본의 이타이이타이병, 1952년 런던 스모그와 로스앤젤레스 스모그, 1959년 일본 구마모토 공장폐수에서 나온 수은을 먹은 고기와 조개를 먹고 기형아 괴물 아이를 출산했다.

솔직히 나는 모른다. 죽은 뒤 생명은 어떻게 되는지…. 오늘날에는 DNA 유전자 발견으로 인간 생명에 관한 이해가 훨씬 쉬워졌다. 죽은 후의 생명에 대하여 지구라는 공간 이외에 하나님의 공간이란 무엇인가? 믿음 없는 나는 많은 의문을 갖지만, 솔직히 나도 잘 모른다. 예수는 세상을 섬기러 온 종이다. (마가복음 10:42, p. 176) 목숨을 버리기까지 섬기는 종이다. 예수님은 우리를 대신해 피 흘리고 지옥으로 가서 그 문을 닫아버림으로써 우리를 죽음, 죄, 지옥에서 해방시켜 주신 분이다.

『믿는 나, 믿음 없는 나』는 강원용 목사의 신앙고백이다. 독자님의 신앙이 무엇이든지 간에 열린 마음으로 일독을 권한다.

3. 2차 대전과 홀로코스트(Holocaust)

『죽음의 수용소에서』

(Viktor E. Frankl 1984 · **김충선 역**) 236쪽.

— (무의식적인 신 · The Unconscious God)

『죽음의 수용소에서』의 저자, 빅터 프랭클 박사(1905~1997)는 오스트리아 비엔나 의과대학의 신경정신과 교수이며, 「로고테라피 (Logo therapy)」학파의 창시자다. 저자는 홀로코스트의 생존자였다. 그가 유대인으로 3년간 직접 체험한 자서전적 수기이다. 그의 누이를 제외하고, 부모 형제와 아내가 모두 강제 수용소에서 죽었다. 굶주림과 혹독한 추위 속에서 시시각각 다가오는, 처형될지도 모른다는 공포에 몸을 떨어야 했던 고통을 어떻게 견뎌냈으며, 어떻게 보람찬 삶을 발견하고 유지할 수 있었을까?

이 책『죽음의 수용소』의 핵심은 "절망에서 희망으로 증오에서 사랑으로 승화하는 인간 존엄성의 승리 선언, 즉 인간은 생사불명의 극한상황에서도 삶의 의미를 찾아내는 능력이 있다,"고 했다. 1945년 1월 27일에 강제 수용소가 해방되었다. 오늘날 1월 27일은 국제 홀로코스트 추모의 날이다.

홀로코스트는 제2차 세계대전 때 아돌프 히틀러(Hitler, 1889

~1945)의 나치독일이 주도하고, 그의 협력자들이 동참하여 유대인과 슬라브족, 집시, 동성애자, 장애인, 정치범 등 1천1백만의 민간인과 전쟁포로들이 대량 학살당한 제노사이드(Genocide)이다. 즉 인종차별이나 종교상의 편견으로 몰살시키는 것을 뜻한다.

『죽음의 수용소에서』 본문은 3부로 돼 있다. 필자는 제1부(p. 17~122)만 조명하기로 한다. 그 외 죽음의 수용소에서의 수기인데, 인간의 삶을 관조하면서 로고테라피(Logo therapy) 이론을 완성했다. 2부는 새 삶을 찾도록 하려는 로고테라피 요법이고, 3부는 『무의식적인 신(The Unconscious God)』에 관한 내용이다.

강제 수용소 · 폴란드에 있는 도살장 아우슈비츠(Auschwitz)

1부 강제 수용소이다. 빅터 프랭클 박사는 독일의 점령지 폴란드에 있는 도살장 아우슈비츠에 수용되었다. 말만 듣고 상상했던 홀로코스트, 가스 처형실(gas chamber), 화장터, 몇 겹의 철조망 담장, 감시탑, 띄엄띄엄 고함소리와 호루라기 소리가 들려왔다. 삶과 죽음의 갈림길에 섰다.

검열관(친위대 장교)이 반쯤 치켜든 오른손의 집게손가락으로 매우 느릿하게 왼쪽을 가리키면 병자나 일할 능력이 없는 사람으로 역에서 곧장 화장터로, 오른쪽을 가리키면 작업장을 가리키는 것이었다. 프랭클 박사는 오른쪽을 가리켰다. 그때 90% 이상은 바로 죽음 쪽으로 행진해 갔다.

카포(Capo)란?

죄수(prisoner)란 유대인이라는 단 하나만의 이유로 강제 수용소에서 죄수 아닌 죄수를 가리킨다. 카포란 죄수 중에서 뽑힌 사람인데, 동포인 죄수들에게 악귀처럼 대했다. 이를테면 추운 숲속에서 두 시간 동안 작업 후 조그만 난로에 둘러앉자, 불을 쬐는 것은 큰 즐거움이었다. 카포(감독, 감시병)는 불을 쬐지 못하게 하고 난로를 뒤엎고, 불을 눈 속에 묻어 꺼버리곤 하였다. 카포는 어떤 친위 대원들보다 냉혹했다. 눈곱만한 실수를 기회로 죄수들을 마구 구타했다.

절망이 자살을 보류시킨다. (p. 34)

철조망에 몸을 던진다는 것은 수용소에서 매우 보편적으로 취하는 자살 방법이다. 고압 전류가 흐르는 담장에 손만 갖다 대도 의도하는 자살을 기할 수 있었다. 매일 같이 수염을 깎아야 한다. 한 개의 유리 조각을 사용하더라도 젊어 보이며, 긁고 문지른 덕택으로 두 뺨은 혈색이 좋아 보인다. 살아남고 싶다면 노동력이 있어 보이게 하는 것이 유일한 방법이었다.

발뒤꿈치에 물집이 생겨 발을 절룩이면 친위대 원들이 그를 곧 가스실(처형실)로 보내졌다. 신체적 결함이 있으면 영락없이 죽음으로 보내졌다. 수용소에 새로 도착한 사람은 화장실 청소와 시궁창 오물을 버리는 일인데, 오물을 버리러 가는 동안 똥물이 얼굴에 튀기는 때 죄수가 조금이라도 싫은 눈치를 보이거나 오물을 닦아 내리는 시늉을 보였다가는 카포에게 가차 없이 주먹세례를 받는다.

수용소 재소자들은 모두 부종에 시달리고, 맨살이 드러난 저자의 발도 동상에 걸려 발은 얼어 터졌고, 두 다리는 퉁퉁 부어올랐으며, 신발은 언제나 눈으로 가득했다. 죄수들이 가장 흔하게 꾸는 꿈은 빵, 케일, 담배, 그리고 따뜻한 물에 목욕하는 것이었다.

식인 풍조(Cannibalism) (p. 77)

이미 해방된 후, 옛 수용소 친구를 만났는데, 그는 수용소 보안원으로서 시체 더미에서 사라진 인육 덩어리를 찾아 수색을 벌이던 중 주전자 안에서 삶아지고 있는 것을 발견하고 압수했다는 이야기였다. 그 수용소에는 기아에 못 이겨 시체의 살덩이를 뜯어먹는 식인 풍조가 생기고 말았다.

최후의 내적 자유는 상실할 수 없다. (p. 87)

강제 수용소 재소자의 최종적인 분석에 따르면, 수용소 생활의 체험은 인간의 행동에 선택의 여지가 있다. 그리고 영웅적인 성격의 인간이 무관심을 극복할 수 있고, 초조를 억제할 수 있다. 정신적, 육체적으로 중압감을 받는 무서운 여건하에서도 심령적 자유와 독립적인 마음가짐을 보존할 수 있었다. 인간에게서 모든 것을 빼앗아 갈 수 있어도 자기 자신의 길을 선택할 수 있는 마지막 자유만은 빼앗아 갈 수 없다. 강제 수용소라 할지라도 그는 인간의 존엄성을 지킬 수 있었다. 그 예로 고통과 죽음으로써 증언해 준 순교자들이 있다.

고통과 죽음이 없는 삶은 완전할 수 없다.

고통이란 운명과 죽음과 같이 삶에서 빼놓을 수 없는 일부분이다. 운명을 받아들이고 따르는 모든 고통을 참고 견디는, 십자가를 떠메고 나아갈 방법이 삶에 의미를 더한다. 깊은 의미는 용감하고 위엄이 있으며, 비이기적인 삶에서 유지될 수 있다. 어디서이든 인간은 운명과 자신의 고통을 통해 그 무엇인가 성취할 수 있는 기회와 마주치게 된다.

이 대목에서『죽음의 수용소에서』저자는 러시아의 작가 톨스토이(Lev Nikolaevich Tolstoi, 1828~1910)의 소설『부활』영화를 인용한다. "나는 삶이어요, 영원한 삶이라고요." 참고로 톨스토이의 작품으로 우리에게 잘 알려진 것으로는 『전쟁과 평화』, 『안나 카레니나』, 『참회록』 등이 있다.

비인격화(Depersonalization) 현상 (p. 116)

모든 일이 꿈속에서 느끼는 것처럼 실제 같지도 않고, 비슷하지도 않게 보인다. 우리는 자유가 진실이라고 믿을 수 없었다. 흘러간 몇 년간 우리들은 꿈속에서 기만당하기 그 몇 번이던가!

석방된 며칠 후의 어느 날 꽃밭을 지나면서 걷고 있다가 - 갑자기 무릎을 털썩 꿇었다. 내 마음속에 자리 잡고 있는 한 마디 뿐이었다. "저는 저의 좁은 감방에서 주님을 불렀나이다. 그리고 주님은 공간의 자유 속에서 저에게 응답을 하셨나이다." 주위에는 아무도 없었다. 얼마나 오랜 시간을 두고 거기서 무릎을 꿇고 있었는지… 기억할 수 없다. "살아갈 이유를 알고 있는 사람은 어떠한 상황에도 참고 견디어 갈 수 있다." (니체)가 한 말이다. 이 말은 「심리요법」에도 적절하다.

로고테라피(Logo Therapy)란? (p. 185~231)

심령적인 것에 중점을 두고, 초점을 맞춘 정신요법이 로고테라피이다. 본능적인 무의식뿐만 아니라 심령적인 무의식도 존재한다. 본능적인 것과 심령적인 것이 모두 무의식이다.

정신요법과 신학이란 결론 부분이다. 종교를 가진 의사로서, 그는 분명히 종교를 갖지 않았다고 밝힌 사람에게도 반드시 잠재적인 종교관이 있다고 확신하기 때문이다. 즉 무의식적인 신(神)이 아직도 환자에게 의식되지 않았을 뿐이지, 언젠가는 의식되리라고 믿고 있다.

그러나 목사나 정신의학자라도 임종을 앞둔 사람이 자발적으로 마지막 의식을 부탁하지 않았다면, 환자의 자유로운 결정에 대하여, 그 성직자는 마지막 의식을 그 사람에게 베풀지 않았다.

죽음의 수용소에서 실존주의로···
두려워할 것은 하나님뿐 (p. 120)
(비통과 환멸의 늪에서)

정신적 압박에서 갑작스럽게 석방된 포로의 성격에 손상을 입힐 수 있는 것은 비통과 환멸이다. "어떤 사람은 자기를 기다리고 있는 사람이 하나도 없다는 사실을 발견한 것이다. 환멸은 극복하기 매우 어렵다는 것을 발견한 체험이다. 해방을 맞은 죄수들 가운데 그 누구라도 수용소에서 겪었던 체험들이 그에게 악몽 이외는 아무것도 아니었다고 보일 그날이 또한 반드시 찾아오리라. 고향으로 돌아오는 사람들에게 '이 세상에서 그 이상 두려워할 필요가 있는 것은 그의 하나님밖에 없다,'는 경이로운 느낌일 것이다.

필자는 솔직히 이 책을 읽어보시라고 독자들에게 권고하고 싶지 않다. 이 책의 뒷면에 '작은아들(정치학 전공)의 책을 엄마가 읽었다.'란 특별 메모(2002.3.)가 있어서 적어보았다. 인간이 얼마나 잔인한지 도저히 더 인용할 수가 없다. 필자가 이 책을 소개하는 글을 쓰는 동안 밤마다 꿈자리는 사나웠고, 때로는 악몽에서 깨기도 했다.

4. 세계를 바꾼 60인의 성장 일기

『천재들의 학창시절(GENIUS in the School)』
    ― **(게르하르트 프라우제 · 엄양선 옮김)** 2012. 282쪽

『천재들의 학창시절』은 알렉산더 대왕부터 헨리 키신저까지 세계를 바꾼 60인의 성장 일기로 수필 형식이다. 이 책 앞표지 안쪽에 친필로 「진아 · 유진이에게, 할아버지가, 2012.7.23.」라고 쓰신 기록이 있다. 그이는 손주들이 참고로 읽어볼 만하다고 선물했다. 필자가 손주들을 돌봐 주려 딸네 집에 갔다가 서재에서 이 책을 뽑아왔다.

이 책의 저자 게르하르트 프라우제(Gerhard Prause, 1926~2004)는 독일의 철학박사이자 저널리스트다. 천재들의 숨겨진 성장 과정을 엿보면서 그들의 시련이나 아픔을 반추하며 오늘날 학교생활에 힘겨워하는 학생들에게 위로되기를 바란다고 했다. 과연 천재들은 떡잎부터 달랐을까? 이 책에서는 학교 성적이 인생의 성공과 어떤 연관이 있을까를 살펴보았다.

이 책의 본문은 6장으로 구성돼 있다. 못 말리는 꼴찌들, 학교를 지옥이라고 혐오한 그룹, 가능한 조용하게, 빛나는 우등생들, 학교 대신 개인 교습받은 그룹, 배움의 기회마저 박탈당한, 그리고 교육받지 못한 천재들로 구분하여 조명하였다. 이 책에는

그들이 직접 한 말과 행동을 많이 인용하였기에 퍽 신기하고 재 밌다.

제1장 못 말리는 꼴찌들 〈자유를 구속하는 학교〉

1장에는 알베르트 아인슈타인, 리하르트 바그너, 빌헬름 부슈, 아돌프 히틀러, 에두아르트 뫼리케, 조지 거슈윈, 게르하르트 하웁트만, 테오도르 폰타네, 프란츠 슈베르트, 헨리 키신저 등 10명이 소개돼 있다. 이 그룹은 학교가 자유를 구속한다고 생각했다. 필자는 아인슈타인을 인용한다.

알베르트 아인슈타인(Albert Einstein 1879~1955)

독일의 유대계 이론물리학자, 1916년에 '상대성 이론'을 발표하고 1921년에 노벨물리학상을 수상하였다. '그 세대의 가장 실력 있는 과학자' 또는 '세기의 천재'라고 일컬었지만, 어린 시절 천재적 특징은 찾아볼 수 없었다. 오히려 말도 어눌하게 하고 발육이 늦어서 지진아로 걱정했다. 가정교사는 '느림보 대장'이라 불렀다.

아인슈타인은 11살 때 9년제 중고등학교에 입학했다. 학급에서 유일한 유대인이었다. 신체적으로 힘든 일은 싫어하여 체육 같은 것은 전혀 하지 않았다. 자신이 흥미를 느낀 산수(수학)는 처음부터 잘했다. 어느 교사가 "네가 우리 학교를 떠났으면 좋겠다." 네 존재 자체가 학교에서 가르치는 공부에 전혀 흥미를 못 느끼는 흐리멍덩하고 시큰둥한 태도가 반 전체의 평판을 좀 먹고 있단 말이다." 이때 아인슈타인은 "저는 아무런 잘못도 하지 않았는데요." 했다.

어느 날 아버지의 사업 실패로 밀라노의 친척 집으로 이사했다. 15살 때, 학교를 떠나기 전에 수학 선생님에게 자신이 수학이 뛰어나다는 증명서를 발급받았다. 그러나 학교가 시행하는 시험에는 낙방했다. 1년 뒤 입학시험을 치르지 않은 채 연방기술대학에 입학했다. 아인슈타인은 16살 때 입학시험에서 떨어졌던 학교에서 34살에 교수가 되었고, 42살에 빛 양자(量子 · quantum) 발견으로 노벨물리학상을 받았다. 참고로 사전에 '양자(quantum)'는 더 이상 나눌 수 없는 에너지 단위라고 했다.

프란츠 슈베르트(Franz Schubert 1797~1828)

오스트리아 작곡가, 어릴 적부터 음악적 재능이 뛰어나 1804년에 살리에리(Antonio Salieri 1750~1825)의 지도를 받았다. 가곡「들장미」「겨울 나그네」「숭어」「미완성 교향곡」등을 비롯해 8개의 교향곡, 22개의 소나타, 6개의 교향 미사와 오페라와 음악극, 15개의 현악 4중주 등 전 분야에 주옥같은 명곡을 남겼다.

교육자였던 슈베르트의 아버지는 아들의 음악 재능을 일찌감치 간파하고 바이올린 연주법을 직접 가르쳤으며, 당대의 최고 명성 높은 살리에리에게 음악교육을 의뢰했다. 살리에리는 한때 오스트리아 제국 빈의 궁중 악장을 역임했다. 아버지는 피아노를 잘 치고, 작곡까지 하는 어린 아들이 매우 자랑스러웠다. 그러나 아들이 음악에 빠져 학교 공부를 무시하자 '작곡 금지령'을 내렸다. (p. 54)

슈베르트는 17세에 아버지가 운영하는 학교의 수습 교사로 들어갔다. 그러나 학생들을 가르치는 일에는 전혀 흥미가 없었다. 10년이란 짧은 시간 동안 대작을 남겼다. 맹렬하게 작곡에만 몰두하던 아들이 1828년 11월 17일, 원인 모를 병을 얻어 몸져누웠다. 정신이상 증세까지 나타내며, 이틀 뒤에 31세의 나이로 세상을 떠났다.

제2장 학교가 지옥이었어요. 〈학교에 대한 혐오〉

2장에는 윈스턴 처칠, 조지 버나드 쇼, 프란츠 카프카, 라이너 마리아 릴케, 샤를 보들레르, 오노레 드 발자크, 앙드레 지드, 고트프리트 켈러, 헤르만 헤세, 베르톨트 브레히트, 카를 야스퍼스가 리스트에 있다. 이들은 학교에 대한 혐오를 느꼈다. (p. 111)

앙드레 지드(Andre P. Gide, 1869~1951)

앙드레 지드는 프랑스의 소설가『좁은 문』,『전원 교향악』, 『보리 한 알이 죽지 않는다면』 등 수많은 명작을 남겼다. 1947년 노벨문학상을 수상했다.

그는 어릴 때 허약하여 불규칙적이고 계획 없는 삶을 살았다. 기절한 척 발작한 척하며 연극을 꾸며 학교에 가지 않았다. 10살 때 퇴학당하고 죄책감에 빠졌다. 1년 후 아버지가 세상을 떠났다. 가족은 파리에서 몽펠리에로 이사했다. 그곳 학교에 전학한 뒤 학교에서 학생들이 시(詩) 한 편씩 암송해야 했다. 학반 아이들은 기계적으로 외우는데 앙드레 지드는 운율을 잘 살리며 훌륭하게 낭송해서 최고점수를 받았다. 그때부터 잘난 척한다는 오명을 받았다. 학반 아이들이 조롱하고 때리고 괴롭혔다. 코피를 흘리고 이가 흔들리고 옷은 찢긴 채였다.

학교 가기 싫어 기절한 척 연기를 했는데, 그의 희극은 번번이 성공했다. (p. 96) 그래서 학교 가지 않고 가정교사의 수업을 받게 되었다. 7년이 지나서 퇴학당한 학교로 다시 돌아갔다. 이 학교에서 문학활동하는 친구들과 어울려 지내며, 20살에 학사학위를 받았다. 앙드레 지드의 데뷔작은 기절한 척 연극 했던 시절에 쓰기 시작한 작품이었다. (웃음)

제3장 가능한 조용하게 〈다양한 학교 적응 방법〉

3장에는 오토 폰 비스마르크, 찰스 다윈, 콘라트 아데나워, 에드거 앨런 포, 제임스 조이스, 카를 마르크스, 오스발트 슈펭글러 등이다. 이들은 다양한 학교 적응 방법으로 학창 시절에는 거의 눈에 띄지 않았다. (p. 139)

찰스 다윈(Charles Darwin 1809~1882)

찰스 다윈은 영국의 생물학자이자 박물학자이다. 케임브리지 대학교 신학부를 졸업했으나 박물학에 더 관심을 두었다. 그 유명한 『종(種)의 기원(On the Origin of Species)』이란 저작을 1859년에 발표했다. 온 세계를 놀라게 했다. 특히 종교계에 충격이 컸다. 신의 창조론을 믿었던 사람들은 진화론을 발표했을 당시에 그를 조롱하고 비웃었다. 유인원을 빗대어 그려진 찰스 다윈의 모습도 책에 그려져 있다.

찰스 다윈의 아버지는 엄청난 재산의 소유자이자 의사이며 사회적 유명인사였다. 아버지는 188cm의 장신에 몸무게 152kg 나가는 거인이었다. 아들을 의사가 되라고 에든버러 대학에 보냈더니 시체 해부하는 과정과 수술 참관 과정도 견뎌내지 못하여 실패했다. "너는 사격과 쥐를 잡는 일 말고 다른 가치 있는 것들에는 도통 흥미가 없구나. 너 자신과 가문의 수치가 될 작정

이냐!"라고 꾸짖었다. 찰스 다윈은 아버지와 사이가 별로였다. 찰스 다윈은 초등학교 저학년 때부터 자연사를 좋아하고, 수집 광적이었다. 식물의 이름, 조개, 도장, 파편, 동전, 온갖 물건들을 수집했다.

24살 때 5년 예정된 비글호 탐험 여행 항해에 참여하라는 제의를 받았다. 우연에 가까웠다. 남아메리카, 남태평양의 여러 섬과 오스트레일리아 등을 두루 항해하면서 진화론을 확신했고, 1859년에 『종의 기원』을 발표했다. 그는 수집벽과 관찰력을 총동원하여 동식물의 생태계를 새롭게 써 내려갔다. 그는 그렇게 진화론의 창시자로 거듭났다.

제4장에는 빛나는 우등생들
〈배우는 즐거움을 따르던 학생들〉
4장에는 18명이나 소개돼 있다. 이들은 배움의 즐거움으로 학교생활을 하였다. 블라디미르 레닌, 마리 퀴리, 프랑수아 볼테르, 칸트, 헤겔, 니체, 키르케고르, 나폴레옹 1세, 오스카 와일드, 헤밍웨이, 장 폴 사르트르, 빌리 브란트 등등이 소개돼 있다.

마리 퀴리(Marie Curie 1867~1934)
마리는 프랑스의 물리학자이자, 화학자였다. 폴란드와 독일에서 여성이 대학에 갈 수 없는 현실로 인해 파리의 소르본 대학으로 유학을 떠났다. 그곳에서 만난 8년 연상의 피에르 퀴리(Pierre Curie, 1859~1906)와 결혼하여 프랑스 국적을 취득했다. 부부가 함께 방사능을 연구해 라듐과 폴로늄을 발견하여 1903년에 노벨물리학상을 공동으로 수상했다. 남편이 죽은 후 후임으로 소르본 대학의 교수가 되었고, 1911년에는 노벨 화학상을 받았다. 방사능 연구로 인한 백혈병으로 사망했다.

마리 퀴리는 부모가 모두 교육자였다. 4살 때 글을 읽었다. 퀴리 부인의 딸 이브가 쓴 전기에 따르면 어머니는 기억력과 집중력이 뛰어났다. 마리 퀴리는 온 세상을 학교로 인식했던 조숙한 소녀로 공부가 가장 쉬웠어요! 했다. 언제나 우등생이었다. 고등학교를 졸업할 때 우수한 성적으로 금메달을 받았다. 어릴 때부터 우수함을 드러냈다.

니체(Friedrich Nietzsche)는 광기에 사로잡혀 공부하던 소년이었으며, 14살에 자서전을 쓰기 시작했다. 바그너(Richard Wagner)는 멍청해서 유급당하고, 결국 작곡을 위하여 학교를 그만두었다. 처칠(Winston Churchill)은 꼴찌를 면치 못하다 사무 끝에 턱걸이로 육군사관학교에 입학했다. 앙드레 지드(Andre Gide)는 학교 가기 싫어 기절한 척 온갖 꾀병 환자로 생애 최고의 연기를 펼쳤다.

천재들의 어린 시절 성장 과정을 살펴보는 이야기는 다양하고, 신비롭기까지 하다. 옛날에는 기숙학교 김나지움(Gymnasium), 한국의 중·고등학교 교육에 해당했는데 기숙사 선생, 감독관이 너무 엄격했고, 매질을 혹독하게 많이 했으며, 자유가 너무 없어서 이 책에 나오는 천재들이 하나같이 출구가 없는 지옥 같았다고 토로했다.

오스카 와일드(Oscar Wilde, 1854~1900)

오스카 와일드는 영국의 시인 소설가, 극작가. 언제나 자신의 우월성을 뽐내며 댄디(Dandy) 복장을 하고 학교에 다녔다. 유미주의자였다. 그는 트리니티 칼리지에 다니는 동안 뛰어난 성적을 보였고, 장학생으로 옥스퍼드 대학에 진학하여 24살에 표창장을 받으며 졸업했다.

댄디즘(Dandyism)이란? 세련된 복장과 몸가짐으로 일반 사람에 대한 정신적 우월감을 과시하는 멋쟁이, 맵시꾼, 겉치레와 허세를 부리는 것을 말한다. 19세기 초, 프랑스와 영국의 상류층에서 정신적 귀족주의로 나타났다. 그는 '퀸즈베리 사건'이라 불리는 알프레드 더글러스 경과 동성애가 원인이 되어, 2년간 실형을 받았고, 영국에서 영원히 추방되었다. 옥중 회상록 『옥

중기』, 희곡『살로메』 등을 남겼다.

제5장 학교 대신 개인교습을 받다
〈개인교습으로 학교 대체〉

홈볼트 형제, 알렉산더 대왕, 프리드리히 2세 Friedrich, 볼프강 아마데우스 모차르트, 요한 볼프강 폰 괴테 등이다.

볼프강 아마데우스 모차르트
(Wolfgang Amadeus Mozart, 1756~1792)

오스트리아 작곡가 모차르트는 5살에 작곡을 시작한 신동(神童)이었다. 모차르트의 아버지는 5살 된 딸 안나와 볼프강 3살짜리를 가르쳤는데 볼프강이 옆에서 보고 먼저 깨우쳤다고 했다. 7살 전에 볼프강은 유럽의 궁정을 거의 모두 알게 되었다. 7살 때 유럽을 돌아다니며 연주했다. 25살 때 오스트리아 빈에 정착할 때까지 15년 동안 돌아다니며 연주하여 학교 다닐 시간이 없었다. 학교 교육을 받지 않았다. 잘츠부르크 궁중 악사이었던 아버지 레오폴트 모차르트는 아들이 천재라는 걸 알았다.

그의 아버지는 잘츠부르크 궁정악사였다. 그의 명언이다. "한번 스쳐 간 시간은 영원히 잃어버리는 것이다. 그중에서 나에게 가장 소중하게 쓰여야 할 시간이 있다면 내가 아는 한 그것은 바로 지금이다." 아버지는 자신에게 주어진 시간을 천재 자식들을 가르치는 데 써야겠다고 결심했다. (p. 234)

모차르트는 「주피터 교향곡」「피가로의 결혼」「돈 지오반니」「마술 피리」등을 창작했고, 「레퀴엠」을 마지막 작품으로 남긴 뒤 빈에서 사망했다. 필자는 그이와 함께 영화 『아마데우스 (Amadeus), 1984』를 보았다. 8개 부문 아카데미상을 휩쓸었다. 내용은 모차르트의 천재성을 질투하여, 요제프 2세를 수행하는 궁정 음악가 안토니오 살리에리가 교묘히 가장하여 35세의 모차르트를 살해하는 내용이다. 그 영화를 보며 안타까워 눈시울을 적셨던 기억이 새롭다.

제6장 배움의 기회마저 박탈당하다 〈학교 또는 가정에서 교육받지 못한 천재들〉

돈 많은 부모 덕분에 집에서 혼자 교육받은 행운아가 있는가 하면 가난하여 학교 문턱조차 넘지 못한 사람도 있다. 토머스 앨바 에디슨, 앤드류 카네기, 마크 트웨인, 벤저민 프랭클린, 하인리히 슐리만, 찰스 디킨스, 찰리 채플린, 장 자크 루소는 배움의 기회마저 없었다. 지면 관계로 찰리 채플린과 마크 트웨인만 인용했다.

찰리 채플린(Charlie Chaplin, 1889~1977)

찰리 채플린은 영국의 희극배우이자 감독이었다. 미국 할리우드에서 활약했다. 아버지는 배우였고 술주정뱅이였는데 채플린이 태어나고 얼마 후에 어머니와 이혼했다. 몸이 허약한 어머니는 삯바느질로 찰리 형제를 먹여 살리려고 애썼지만 견딜 수 없었다. 편두통이 심한 어머니는 정신병원에 갇혔고, 채플린은 어머니와 이별한 뒤 보육원을 전전했다. 채플린은 늘 배를 곯고 추위에 떨었다. 배움의 기회마저 없었다.

채플린은 아버지의 도움으로 극장에서 일하며, 이따금 공연의 엑스트라(extra, 조연)로 출연하여 조금씩 돈을 벌기도 했다. 21살 때 미국에서 성공했다. 1972년 아카데미 상을 받았고, 1975년에 엘리자베스 여왕으로부터 나이트 작위를 받았다. 배우지 못한 무식과 외부의 경멸을 보완하려고 시간이 날 때면 헌책방을 돌아다녔다.

채플린은 희극을 통해 현대문명에 통렬한 비판을 했다!

영화『독재자』에서 "우리는 급속도로 발전했지만, 우리 자신은 갇혀버리고 말았습니다. 우리를 풍요롭게 한 기계는 우리에게 결핍을 가져다주었습니다. 지식은 냉소적으로 만들고, 명민함은 냉혹하고 매정하게 만들었습니다. 우리는 머리로 생각은 많이 하지만 가슴으로 너무 적게 느낍니다. 지금 우리에게는 기계보다 인간성이 더욱 절실하고 지식보다 친절과 관용이 절실합니다. 그렇지 않으면 인생은 비참해지고 결국 모든 것을 잃게 될 것입니다."

미국의 소설가 마크 트웨인(Mark Twain, 1835~1910)

마크 트웨인은 『톰소여의 모험』과 『허클베리 핀의 모험』의 저자이다. 두 소설은 19세기 작품이지만, 지금도 베스트셀러이다. 『왕자와 거지』, 『인간이란 무엇인가』 등이 있다. 그의 대표작들은 그가 자란 미주리주 미시시피강 어귀를 모델로 삼았다. 그의 본명은 새뮤얼 랭혼 클레멘스(Samuel L. Clemens)이고 마크 트웨인은 필명이다. 앤드루 카네기처럼 학교 교육을 거의 받지 못했지만, 인기와 명성을 한 몸에 받았다.

마크 트웨인은 11살 때 아버지가 갑작스레 돌아가 집안 형편이 어려워 인쇄소 견습공, 신문기자 등을 했다. 인쇄소 견습공으로 있을 때 밤마다 비밀통로를 빠져나가 지하창고에서 감자 양파 등을 훔쳐 인쇄소로 가져와 화덕에 구워 먹었다.

그는 세인트루이스와 뉴올리언스를 오가는 배에서 일을 했다. 미시시피강에서 수로 안내인 일을 하였다. 강의 수심을 끊임없이 재서 알려주는 일이었다. '마크 트웨인(Mark Twain)!'이라 외치곤 했는데 '강의 수심이 두 길이니 안전하다,'란 뜻이었다. 그의 필명이 여기서 비롯되었다. (p. 255) 마크 트웨인은 초등학교 졸업장도 없지만 67세 미주리 주립대학에서 명예박사 학위를 받았고, 5년 뒤에 옥스퍼드 대학에서 명예 철학박사 학위를 받았다.

『천재들의 학창시절』에는 60여 명의 세계적인 천재들의 학교생활을 간략하게 소개했는데 무척 재미있다. 학생들은 물론, 부모로서 배울 바도 많다.

5. 천재들의 예술적 영감과 조울증

『천재들의 광기』(TOUCHED WITH FIRE)

(케이 재미슨 · 「동아 출판사」 1993, 317쪽)

저자 케이 레드필드 재미슨 (Kay Redfield Jamison 1946~) 박사는 미국 존스 홉킨스 대학교 의과대 정신과 교수이자 의학 교과서인 『조울병 (躁鬱病)』의 공동 저자이다. 차례에 조울병 (불꽃과 얼음), 논쟁과 근거(조울병의 정체), 천재들의 기질과 상 상력(풍랑 속의 항해), 조울병의 유전(유전되는 정신적 고통), 의 약과 예술(숙명의 굴레)로 구분돼 있다. 천재들의 광기에 관한 연구! 말만 들어도 호기심이 간다. 필자는 이 책을 1997년 큰며 느리가 생일선물로 준 도서상품권으로 구매했다.

재미슨 박사는 저자 자신이 청소년기부터 조울증을 앓고 있으 며, 약물 리튬(lithium)도 꾸준히 복용하고 있었다. 그의 저서로 는 『천재들의 광기』, 『조울병, 나는 이렇게 극복했다』(2005), 『언제나 새로웠어요』(2011) 등 정신건강 도서가 있다. 저자는 천재 예술가들의 조울병과 기질 간의 상호작용을 아주 쉽게 설 명했다. 본문에는 수많은 예술가와 작가들의 삶과 작품에 대한 예문이 게재돼 있다.

조울병은 유전적으로 발생하는 흔한 질병이다. 수많은 작가, 화가, 작곡가 집안의 병력을 추적해 선조들 가운데 정신병을 앓거나 자살한 사람이 있었다는 것을 알아냈다. 이를테면 바이런, 반 고흐, 셸리, 포, 슈만, 콜리지, 버지니아 울프, 번스 등 위대한 예술가들의 실제 삶을 예로 들었다.

조울증상(躁鬱症狀·manic depression)이 상상력이 풍부한 예술가들의 어두운 면을 이해할 수 있게 해준다. 조울증은 지나치게 흥분된 상태와 우울하고 억눌린 상태가 반복적, 우발적으로 번갈아 일어난다. 권태감, 절망감, 무기력, 불면 등을 포함한다.

시인 바이런(George Gordon Byron, 1788~1824)의 말이다.

나를 비참하게 만드는 요인들 때문에…, 비탄에 빠지기 쉬운 성격 때문에 많은 고통을 받았고, 때로는 자신이 미쳐가고 있는 것이 아닐까, 하고 두려워했다. …우리를 만든 것은 우리 스스로가 아니고, 불행의 요인이 한 사람의 성격에 다른 사람의 경우보다 더 많다면 그는 더욱더 우리의 동정과 인내심을 요구할 자격이 있을 뿐이다. 즉 그는 유전적 질환(기질)임을 강조했다. (p. 174)

독일의 유다 박사는 17년 동안 5천 명 이상을 면접했다. 예술가 집단에서 정신이상 및 신경증에 걸린 사람이 일반인에 비해 많다. 시인 50%, 음악가 38%, 화가 20%, 조각가 18%, 건축가 17%였다.

조울병 리듬은 자연 세계의 리듬과 같다.

예술가가 매일 새벽과 황혼, 매년 가을과 봄의 분기점에 겪는 리듬은 자연 세계의 리듬과 같다. 예술적인 소질이나 순환기질을 지닌 사람들에게는 보통 사람들과 달리 빛에 유난히 민감한 반응을 나타낸다. 하루를 두고 아침에 잠에서 깨자마자 우울한 기분이 되고, 저녁때가 되면 상당히 좋아진다.

우울병이 가장 많이 일어나는 달은 대체로 두 계절로 나뉘는데 봄 3, 4, 5월과 가을 9, 10, 11월에 가장 심하게 일어난다. 월별 자살률도 5월과 10월에 가장 높다. 예술적 생산성은 봄과 가을에 증가한다. 시인, 소설가, 시각 예술가들은 계절적 유형이 뚜렷했다. 9월, 10월 11월에 가장 활발하고, 화가 및 조각가는 가을이 가장 왕성했다.

조증 삽화(manic episode)는 보통 5~10주, 우울 삽화는 19주 계속된다. 전통적인 약 리튬(lithium), 기분 조절제와 항정신병 약물 등을 사용한다. 현대의학은 예술인들을 극단적인 절망, 또는 불안과 심한 정신병으로부터 구제할 수 있지만, 옛날에는 이런 약품이 없을 때였다. 그래서 일어난 자살, 조울병이 도질 때마다 겪는 고통뿐만 아니라 시간이 지날수록 발병이 더욱 악화했다.

반 고흐(Vincent van Gogh, 1853~1890, 네덜란드)는 여름철에 생산성이 절정에 달했다. 그는 친지들에게 이렇게 썼다. 이따금 느낌이 너무도 강렬해서 일하면서도 일하는 줄을 모르고, 또 충동과 의욕이 말과 글에서처럼 내가 항상 이렇지 않았다는 것을 알아야 한다. 그리고 반드시 어두운 때가 오고, 영감이 사라지는 때가 온다는 것을 알아야 한다. 그러니까 쇠는 뜨거울 때 빨리 두들겨 놓아야 한다. 그는 자신이 자신의 정신질환을 알아차린 사람이었다.

숙명의 굴레 의약과 예술 (p. 273~ 286)

약물 리튬의 사용을 중단하는 중요한 이유의 하나는? 환자들이 가벼운 조병이 가져다주는 그 '환각 상태'를 그리워하기 때문이다! 많은 예술가와 작가들의 번뇌, 고통 및 극단적인 감정 등은 예술가로서 없어서는 안 될 불가결의 요소라고 믿는다.

정신병을 치료할 때 감정이 무뎌지고, 정열이 없는 사람으로 변화시킴으로써 글을 쓰고, 그림을 그리고, 작곡 활동할 욕망이 없어질까 두려워한다. 즉 약물 리튬, 항우울제, 신경 이완제가 환각 상태라든가 성적 욕구와 정력의 감퇴를 알고 있었다. 리튬의 효과로 사교성, 독창성, 직정성(直情, 있는 그대로의 감정) 등의 감퇴 현상을 발견하고, 환자들이 정신적 집중력이 떨어진다고 빈번히 호소했다. 과거 수 세기 동안 예술가와 작가들은 조울병과 관련된 기분을 유발하기 위하여 알코올, 아편팅크, 코카인, 니코틴 및 기타 많은 약물을 복용해 왔다.

천재들의 광기는 개인과 문명의 발달에 기여했다. 정신의학적 치료 방법이 쟁점으로 남아있다. 재미슨 박사는 가장 인간적이고, 비극적인 질병인 조울병을 간단히 치료하려고 함으로써 예술가의 개성을 희생시키지 말 것을 권고했다. 상상력이 풍부한 위대한 예술가들이 많은 비애와 고통을 겪었다는 사실을 우리는 올바르게 인정하고, 이해해야 한다고 끝맺음하였다. 저자는 천재 예술가의 창작 과정을 '풍랑 속의 항해'란 표현을 썼는데 충분히 이해가 간다. 필자는 많이 배우고 깨달았다. 예술작품과 예술가들을 이해하기 위하여 일독을 바란다. 진실로 걸작이다.

6. 지구촌의 문화예술에 관한 대화

『딸과 함께 문화논쟁』
(제롬 클레망 지음 · 안연수 옮김) 2008, 128쪽

이 책의 저자 제롬 클레망(Jerome Clement, 1945~)은 프랑스와 독일 합작의 아르테(Arte) TV의 대표이다. 저자는 프랑스의 문화부와 국립영화소장을 역임했다. 『딸과 함께 문화논쟁』은 저자가 17세 되는 딸 쥐디트와 하루에 10분씩 일주일간 문화에 대하여 문답 형식으로 대화한 내용을 정리한 것이다. 『딸과 함께 문화논쟁』은 프랑스를 포함 유럽과 지구촌의 문화예술을 두루 섭력할 수 있는 훌륭한 학습자료 내지는 참고서라고 생각한다.

지구촌의 어느 지역이든 고유한 문화가 있기 마련이지만 유난히 '자민족 중심주의'를 내세워 고대 그리스인들은 다른 민족을 야만인, 미개인, 악마로 묘사하기도 했다. 독일 나치는 게르만 민족의 우월성 강조와 독재를 위해 '인종청소'라며 유대인을 학살했다. 아리안 인종(게르만족) 찬양과 히틀러 숭배만이 적법하였다. 그 외는 '퇴폐예술'이라 하여 추방하고, 작품을 불태우고, 살해했다. 그래서 아인슈타인, 프로이트, 슈테판 츠바이크 같

은 오스트리아와 독일 작가들은 유대인이었기에 외국으로 떠날 수밖에 없었다. (p. 115)

어원상으로 보면 문화(culture)는 토지경작 'culture'을 뜻한다.

문화를 통하여 자신을 개발하고 정신을 함양한다. 민족주의와 인종주의자들은 완고하게 혈통을 따지지만, 이주자를 받아들임으로써 세대를 거치면서 변화 발전하니까 국민의 다양성과 문화의 통합은 결국은 문화를 풍요롭게 한다.

문화적 대립으로 전쟁이 일어난다. 제롬 클레망은 통신 수단의 발달로 인해 세계화가 이루어지면서 문화 통합이 이루어지고 있다. 인터넷과 더불어 시공간 개념도 전면적으로 변하고 있다. 반작용으로 이슬람 근본주의자들의 강력한 반발! 아프가니스탄의 탈레반이나 이란처럼 극단적으로 체제를 유지하려고 한다. 강경한 정통파 유대인, 극단적인 보수주의 성향의 가톨릭 신자들은 전통을 유지하려고 한다. 그 목적을 위해 여성들의 자유가 희생되고 있다.

예술(art)이란 말의 어원과 범주

예술이란 말의 어원은 라틴어 'ars'이고, 이 단어는 존재 양식 혹은 인간의 활동을 의미한다. 18, 19세기부터 예술(art)과 어떤 일을 수행하는 사람, 장인(artisan)이라는 말이 나왔으며, 19세기에 그림, 조각, 시, 음악, 영화, 연극을 포함했다. 그리고 중세에는 수사학(修辭學)까지 포함했다. 토착 예술과 원시예술은 인정받지 못했다. 이유는 관심사가 미(美)가 아니라 생활에 유용하거나 악마를 내쫓는 목적으로, 종교계율을 지키는 데 그 목적이 있었다.

문화는 가장 아름다운 인간의 활동이다! 예술은 인간의 욕구를 통해 감정을 표현할 수 있고, 죽을 수밖에 없는 인간의 운명을 초월할 수 있다고 했다. 이유인즉 죽음을 두려워하는 인간에게 '예술은 인간의 시간을 잊어버리게 해준다.' (웃음)

프랑스 드골(Charles de Gaulle, 임기 1959~1969) 대통령은 프랑스 시민의 나치 독일 '저항(Resistance) 운동가'였다. 드골 대통령은 프랑스에 문화부를 1959년에 창설하고, 앙드레 말로(Andre Malraux, 1901~1976)에게 그 부서를 맡겼다. 당시 문화부의 사명은 문화유산 (건축· 기록 · 국립도서관 · 공공도서관 · 박물관 · 필름보관소) 보존과 예술작품 창작을 지원하는 것 등이었다.

표현의 자유 & 창작의 자유라지만…

민주주의 국가의 예술가들은 자유로이 생각하고 표현할 권리가 있다. 물론 표현의 자유와 창작의 자유 문제가 공화국의 기본원리 가운데 하나이지만, 모든 것이 허용되지는 않았다. 폭력이나 소아성 애(愛)를 상연하는 경우, 민주주의 국가에서도 검열당할 수 있다. 이를테면 20세기에 디드로의 '수녀'를 바탕으로 만들어진 영화가 여성 동성애를 다루었다는 이유로 1966년에 금지당했다.

소련에 이오시프 스탈린(Stalin, 임기 1941~1953)이 정권을 잡았을 때 문화의 열정과 창조력이 끓어올랐다. 영화, 시, 그림, 문학, 음악을 불문하고 해방과 창조의 기쁨으로 폭발했었다. 그러나 스탈린은 공산당이 결정한 대로 하지 않으면 조국을 떠나 강제노동 수용소로 보냈다. 스탈린이라면 북한의 김정일 정권 때 대남 적화통일에 동조하여 「6.25 전쟁」을 일으키게 한 대한민국의 적이다.

잘 알려진 솔제니친(Aleksandr Solzhenitsyn, 1918~2008)은 『이반 데니소비치의 하루』, 『수용소 군도』 등을 쓴 소설가이자 역사가로 '러시아의 양심'으로 불러왔다. 그가 1945년 육군 소령으로 진급할 때 친구에게 쓴 편지에 스탈린의 분별력을 의심한 편지가 들켜 10년간 강제노동 수용소 생활을 했다. 1970년에 노벨문학상을 받았다. 독재국가에서는 표현의 자유, 비판의 자유, 창작의 자유를 제한한다. 이 시기에 러시아의 예술가들이 프랑스로 탈출했다.

예술작품이란? (p. 106)

예술작품이란 예술가가 예술작품으로 규정한 것이다. 예술작품이 꼭 아름다운 것을 보여줘야 한다고 보지 않는다. 이런 경우에 예술작품을 어떻게 평할 것인가? '어떤 물건이라도 다른 방식으로 보일 때 예술작품이 된다.' 과일 바나나를 예술품이라고 전시하고, 사탕 더미를 전시품으로 진열해 놓기도 했다. 한때 크기(61cm×36cm×48cm)의 도기로 제작한 소변기를 「샘, Fountain」이란 제목으로 예술품을 전시해 놓은 예도 있다. (웃음)

화가를 인정하는 '권위'란?

한 예술가가 인재로서 인정받느냐 아니면 거부당하느냐는 3가지 기준이 있다. 기관, 시장, 비평에 따라 갈라진다. 또 하나는 후세의 평가이다. 당대에 큰 부자가 된 예술인으로서 피카소(Pablo Picasso, 1881~1973)는 스페인 작가로 활동은 주로 프랑스에서 했다. 그는 살아있는 동안에 인정받아 엄청난 영광을 누렸고 거부(巨富)가 되었다. 그러나 대부분의 천재 예술가는 그 시대에 거부당했다. 다음으로 권위는 시장이다. 판매자와 구매자가 늘 있는 건 아니다. 세 번째는 공식 기관인 박물관과 미술

관이다. 공식 미술전에서 그 화가의 작품을 구매할지, 말지에
관하여 결정되었다.

아름다움의 정의?

아름다움을 어떻게 정의할 수 있을까? 미(美)에 대한 평가도
변하는 것이다. 오늘날의 미는 옛날의 미가 아니다. 그것은 우
리가 살아가고 있는 사회와 시대에 따라 달라지는 것이다. 패션
도 마찬가지다. 시대가 지나면 촌스러워 보이는 것이다. 보릿고
개 시절에 뽀얗게 살이 통통한 사람을 미인 취급했다면, 비만
인구가 늘어나고 있는 오늘날에는 여위고 가벼운 몸매가 아름
답다고 할 수도 있으리라.

반고흐나 로댕 같은 화가나 조각가들의 작품도 그 당시에는
부정적인 평가가 내려졌었다. 피카소의 그림에 코가 뒤통수에
붙었고, 여인의 나체 그림에 삼각형 4각형으로 잘라서 아무렇
게나 붙여놓아도, 피카소의 그림이라 진짜 예술이라 할 것이다.
설사 필자가 그것을 싫어하든, 비웃든 상관없다. (웃음)

예술 표현에의 혁신은 그 시대의 냉혹한 비판을 받았고, 배척당했다! (P. 91)

미(美)에 대한 평가도 시대에 따라 변하는 것이다. 예술 표현

의 형태는 모두 당대의 정치체제, 사회, 경제 역사와 연관되어 있다. 고전주의 시대에는 종교예술이 종교적인 삶과 깊이 연관돼 있었으며, 신을 찬양하는 쪽이었다.

19세기 낭만주의는 연극에서는 프랑스 알프레드 뮈세, 회화는 들라크루아(Eugene Delacroix, 1798~1863), 음악은 쇼팽(Chopin, 1810~1849) 작품으로 표현되었다. 쇼팽은 폴란드에서 가장 존경받는 위인, 20세 때 프랑스로 와 살았다. 그의 즉흥 환상곡은 유명하다. 저자는 독일의 슈베르트(Schubert, 1797~1828)의 소나타들, 헝가리의 멜로디 b 단조는 언제나 몽상에 잠기게 된다고 했다.

예술 중에서도 시대의 변화를 가장 명확히 나타내는 예술이 회화이다. 반 고흐(Van Gogh, 1853~1890)는 일본의 영향을 받았다. 미학상의 표현 및 기존 규범을 거부하고 근본적인 변화를 일으켰을 때, 혁신은 그 시대의 비판을 받았으며, 배척을 당했다. 고흐의 작품들이 엄청난 값에 팔리고 있지만, 당대에는 무일푼으로 죽었다.

가장 위대한 프랑스 조각가 로댕(Auguste Rodin, 1840~1917)은 작품전시 권리를 거부당했고, 네덜란드의 위대한 화가 렘브란트(Rembrandt, 1606~1669 역시 그 시대로부터 배척당했다.

종교예술이 웅대한 건축물로 탄생시켰다.

종교예술이 무한하고 초월적인 아름다움을 탄생시켰다. 인간이 미를 신성하게 여기는 데서 종교예술이 탄생했다. 영원의 세계는 죽음에 대한 두려움을 극복하려는 욕구와 연결돼 있다.

이집트의 예술가들과 건축가들, 그림, 조각, 건축은 본질적으로 신성의 개념에 연결돼 있었다. 피라미드, 카르나크 신전, 룩소르 근방의 아몬 신전, 파라오(pharaoh, 고대 이집트 왕)의 무덤을 짓기 위해 장인과 사제 등 8만 명이 거기 살았다. 이집트의 예술가와 건축가들은 세속 권력과 종교 권력의 화신이었던 파라오를 찬양하고, 다른 신들을 기리기 위해 웅대한 건축물을 지었다. 이들은 불멸의 아름다움으로 남아있다.

프랑스나 이탈리아, 유럽의 성당을 지은 사람들은 신앙에 감응한 사람들이다. 신을 섬기고, 두려워하며, 사제들과 함께 집단적인 과업에 동참했다. 노트르담 성당을 짓는 데 100년이 걸렸다 한다. 오늘날 우리가 '예술'이라고 부르는 것이 그 시대에는 종교적인 감정을 표현한 것에 지나지 않았다.

문화는 모든 주제를 포함하며, 교육을 통하여 학습된다.

학교에서 선생님들이 강압과 구속을 한다고 딸이 불평하자 아버지는 문화는 모든 주제를 포함하며, 분명히 문화는 학습을 통하여 학습된다고 했다. 그러면서 수련이 필요하다. 교육이란 실제로 갖가지 강압과 구속을 통해 이루어진다. 「학제」란 강압과 구속 체제라고 할 수 있다. 규율을 따르지 않고 어떻게 지능과 기억을 계발할 수 있나? 했다.

아버지와 딸은 문학에 대하여 논할 때 서로 암송하고 좋아하는 시구를 주고받는데 참으로 아름답다. 딸은 아라공(Louis Aragon)의 시 <장미와 물푸레나무>의 시 귀를 읊었고, 아버지는 16살 때 암송한 뮈세(Alfred de Musset, 1810~1857)의 시를 읊었다.

"사랑하는 나의 친구들이여, 내가 죽으면 묘지에 버드나무 한 그루를 심어주게."

그때 나는 열여섯 살이었어. 뮈세는 프랑스의 낭만파 시인이다. (웃음)

딸이 읊은 아라공의 시 <장미와 물푸레나무>는 매우 긴 시다. 참고로 물푸레나무는 한자로 청피목(靑皮木 · Asian Ash)이라 부르는데, 한국 각지에도 볼 수 있는 키가 큰 낙엽관목이다.

아프리카계 미국인(흑인) 영가(靈歌 · Spiritual Music)

'재즈(Jazz)는 거리의 음악, 흑인 노예의 음악이었다.' (p. 53) 미국의 흑인들은 재즈로 많은 일을 했다. 미국의 흑인들은 노예무역이 성행할 때 서아프리카 쪽에서 왔다. 떠나온 고향을 그리며, 자유를 염원하고, 슬픔과 괴로움을 달래려는 그들만의 독특한 예술이었다. 미국의 루이지애나주 뉴올리언스에서 재즈가 발생했다.

미국의 남쪽 흑인들은 목화밭, 사탕수수밭 같은 데서 가혹하게 하루에 15시간 이상씩 노동하며 희망 없는 현실의 비통함을 노동요(勞動謠)로 달랬다. 다음엔 개신교에서 이를 수용하여 합창단에서 불렀다. 흑인 영가는 그들의 민요와 노동요와 찬송가가 융합한 것이다.

저자 제롬 클레망과 그의 딸 쥐디트는 문화논쟁을 마무리하며 이렇게 말했다. 문화는 농부가 씨뿌리고 가꾸고 수확하듯이, 지식의 정원을 가꾸고 모르는 것을 배우며 수련하는 예술교육이란 것을 부각했다. 『딸과 함께 문화논쟁』은 문화예술에 대한 역사와 지식을 간략하게 정리하고 이해하기 쉽게 설명한 압권이다.

7. 통계수치에 속지 않기를…

『새빨간 거짓말, 통계』(How to Lie with Statistics)
(Darrell Huff 지음, 박영훈 옮김) 2004, 192쪽

『새빨간 거짓말, 통계』는 미국의 마이크로소프트 설립자 빌
게이츠(William H. Gates, 1955~) 의 2015년 추천 도서이다.
1950년 이후로 출간된 최고의 책 중 하나로 추천한다.『새빨간
거짓말, 통계』는 정부나 언론에서 보여주는 통계수치에 속지
않기 위해 읽어야 하는 책이다. 지금 봐도 전혀 시대에 뒤떨어
지지 않고, 오히려 꼭 들어맞는다고 했다. (책 표지에)

아전인수(我田引水)격으로 한 마구잡이 통계, 통계를 조작하
는 법, 통계의 속임수를 피하는 다섯 가지 열쇠 등을 설명했다.
'거짓말에는 세 가지 종류가 있다. 그럴듯한 거짓말, 새빨간 거
짓말, 그리고 통계라고 했다. 언제나 의심스러운 통계조사, 통
계들을 액면 그대로 받아들였다가는 큰일 나는 거짓된 것들이
다. 통계의 숫자라는 마술은 사람들의 상식을 마비시켜 버린다
고 했다. (p.187)

이 책의 저자 대럴 허프(Darrell Huff, 1913~2001)는 미국인
으로 통계학과 심리학 분야를 연구했으며 여러 잡지의 편집 책
임자를 거의 20년 동안 역임한 자유기고가로, 수학과 관련된 많

은 글을 기고하였다. 1963년에 National School Bell을 수상했다.

본문에 1장부터 8장까지는 예를 들어 아주 쉽고 재미있다. 9장에는 통계를 조작하는 법, 끝장에는 통계의 속임수를 피하는 5가지 열쇠를 제시했다. 각 예문이 유머(humor)에 넘치는 어투로 설명했기에 재미있고, 언젠가는 고개를 갸웃하며 의심스럽게 여겼던 것들이다.

지능지수 I.Q. 는 믿을 만한가? (p. 73)

'쓸데없는 숫자로 벌어지는 헛소동' 지능지수(Intelligent Quotient · I.Q.)에 대한 설명이다. 지능검사에 지도력이나 창조성, 근면성, 정서적인 균형, 개성은 말할 것도 없고, 사회적 판단력이나 음악, 미술, 또는 기타 적성 따위는 전혀 고려되어 있지 않다. 졸속으로 상당 부분을 독해 능력에 의존하고 있다. 머리가 영리하건 아니건 아무 상관 없이 독해 능력이 부족하다면 결코 좋은 점수를 받을 수 없다.

지능검사 점수에 대하여 예상 오차는 100에 대하여 3이라고 알려져 있다. 스탠퍼드 비네(Stanford-Binet I.Q. Test) 식 지능검사에서 I.Q. 는 100을 평균값 또는 '정상'으로 정하고 있다. 즉 100±3으로 나타낸다. 간단히 말하면 정상적인 IQ 점수는 100이 아니고 90에서 110 사이의 범위를 뜻한다. 이 범위를 벗어난 아이들을 비교하는 것만이 의미가 있지, 점수 차이가 얼마 되지 않는 아이들끼리 비교한다는 것은 별 의미가 없다.

통계 조작과 원인

통계자료를 사용하여 사람들에게 잘못된 정보를 제공하는 것을 통계 조작이라 한다. 미국 통계학협회(American Statistical Association)의 어느 지부장이 이 책의 저자에게 항의했는데, "통계 조작의 대부분은 사람을 속이기 위한 심보에서 비롯된 것이 아니라, 무능 때문이라"고 주장하였다고 한다.

> …통계자료의 왜곡과 조작이 언제나 전문 통계학자들의 손으로 이루어지는 것은 아니라고 생각한다. 영업 사원이나 광고 전문가, 언론의 기자들 또는 카피라이터(copywriter · 상품이나 기업을 홍보하기 위하여 광고의 문안을 작성하는 사람)들에 의해서 왜곡되고, 과장되고, 극단적으로 생략되며 임의로 선택되기 때문이다." (p. 142)

인간 심리를 투명하게 비춰주는 묘법

쓸데없이 정확한 숫자로 그럴듯하게 보이는 방법에 대표적인 예로 소수가 있다. 산술평균을 이용하여, 한 사람당 사람들의 하룻밤 평균 수면시간이 약 8시간이라면, 그렇게 발표했다면 무미건조한 일일 것이다. 다 아는 소리다. 그런데 7.831시간 수면을 한 것으로 발표하면, 그럴듯하게 보이는 느낌을 주게 된다고 했다. 소수 자리 나열은 꽤 정확한 느낌을 주고 있지만, 사실은 야바위꾼의 속임수와 같은 것이다. (웃음) 지면 관계로 재미있는 예를 많이 인용할 수 없어서 유감이다.

아전인수(我田引水)를 위한 마구잡이 통계

무엇인가 증명하고 싶어도 증명할 수가 없는 경우에는 엉뚱한 것을 하나 끄집어내어 증명한 다음, 마치 그 두 사실이 같은 것처럼 슬쩍 넘어간다. 아전인수격으로 꾸며내어 갖다 붙인 숫자들은 당신을 언제나 유리한 위치에 놓이게 해주는 훌륭한 도구이다. 이 말이 틀리면 정말 내 손에 장을 지지겠다.

> 당신이 심혈을 기울여 개발한 약을 선전할 때, 확실한 실험실의 연구보고서를 대문짝만한 활자로 발표할 수 있다. 보고서는 전문을 게재하는 것이 좋고, 보고서 옆에는 의사처럼 보이는 하양 가운을 입은 모델 사진을 같이 올려놓으면 더 효과적이다. (p. 105) (웃음)

한국에서도 과일이나 채소의 수확 계절이 오면 무슨 과일이나 채소를 먹으면 신체의 어디가 좋고, 100세를 기약하는 것처럼, 몸의 어느 기능에 탁월한 효능이 있다고 과대 선전한다. 사회적으로 유명한 인사나 100세 이상 장수한 노인을 예로 들면서 신문이나 카톡으로 선전한다. 특히 의사처럼 보이는 흰 가운 입은 모델이 근엄한 자세로 무슨 영양소가 혈압이나 시력이나 관절에 특효약 성분이 풍부하다는 식으로 과대 선전하면 효과는 100%이다.

물론 그런 영양소가 포함되어 있다. 그러나 식품을 팔기 위해 강조하면서 선전 광고라는 사실도 알아야 한다. '왜 내 혼자만 저 좋은 식품을 평소에 많이 섭취하지 못했나,' 후회하면서, 당장 그 식품을 사 오라고 나이 많은 남편은 독촉한다. 노파는 장바구니 들고 슈퍼로 향하며 그 과일이나 채소가 수확하는 시기라 과대 선전한 광고인데…, 속으로 순진한 바보(stupid!)라며 중얼거린다. (웃음)

통계의 속임수를 피하는 5가지 열쇠 (p. 167~192)

첫째, 거짓 통계 간파하기다. 누가 발표했는가? 출처를 캐 봐야 한다. 신문의 경우 예를 들어 임금 문제를 줄다리기하고 있는 노조 측인지, 경영자 측인지 등등을 살펴볼 필요가 있다. 고의적인 왜곡은 반드시 찾아내야만 한다. 비교할 때 기준연도를 자신에게 유리하게 바꿔 치는 것을 말한다.

둘째, 조사 방법에 주의해야 한다. 조사 대상자인 1,200개의 회사 중 9%의 회사는 물가를 올린 일 없고, 5%는 물가를 올렸다고, 나머지 86%는 아무런 응답도 하지 않았다. 회답한 14% 회사만이 표본이 된 셈이다. 이 표본이 왜곡된 것인지 일단 의심해 보아야 한다.

셋째, 빠진 데이터는 없는지, 숨겨진 자료를 찾아보아야 한다.

넷째, 쟁점 바꿔치기에 주의해야 한다! 데이터와 결론 사이에 전혀 다른 것으로 둔갑하여 발표되는 경우가 많다.

징병 인구조사 할 때와 기아 구제를 위해 조사한 결과이다. 얼마나 엉터리 통계인지 아래 인용문을 보자.

중국의 어느 넓은 지역의 인구는 2,800만 명이었는데, 5년 후에는 1억 500만 명으로 늘어났다. 실제로는 거의 늘어나지 않았는데도 이렇게 엄청난 차이가 난 원인은 이 두 번에 걸친 인구조사의 목적과 이에 대응하는 피조사인들의 응답 태도 때문이었다. 첫 번째 인구조사의 목적은 과세와 징병에 있었고, 두 번째 것의 목적은 기아 구제(飢餓救濟)를 위한 것이었다. (웃음)

또 하나 속기 쉬운 것은 자동차 영업 상들이 채택하고

있는 자동차 대부금의 이자 계산법으로서 매우 속기 쉽다. 가령 6%의 이자로 은행으로부터 100달러를 빌리고 매월 균등하게 갚아간다고 할 때, 그 이자는 실제 따지고 보면 대략 3% 정도가 된다. 그러나 6%의 대부금 제도 즉 100%의 원금당 6%의 이자를 내기로 되어 있는 대부금 제도에서는 이자가 약 2배나 된다. 6개월이 지나면 빌린 돈의 반은 이미 상환된 것이다. 처음에 빌린 액수에 대해서 6%나 되는 이자를 문다면 실제로는 거의 12%에 가까운 이자를 물게 되는 셈이다.

다섯째, 상식적으로 말이 되는 이야기인가, 살펴봐야 한다. 석연치 않은 부분은 조사해라. 잴 수 없는 것이라도 숫자로 바꾸어 버리거나, 판단하기 힘든 사물이라도 산수를 써서 판단한다든가 하는 따위이다.

『새빨간 거짓말, 통계』의 끝맺음에 있는 말이다. 우리의 문제는 무지가 아니라 잘못 알고 있다는 사실에서 비롯된다. (아르테머스 워드) 앞으로 유능한 시민이 되기 위해서는 통계에 대한 올바른 지식도 필요하다. (H.G. 웰즈) 어림셈으로 계산된 숫자는 항상 거짓이다. (사무엘 존슨)

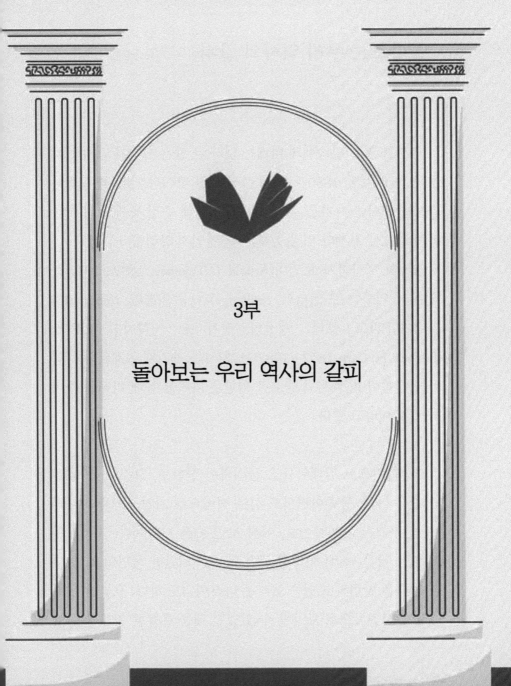

3부

돌아보는 우리 역사의 갈피

돌아보는 우리 역사의 갈피

  '역사를 잊은 민족에게 미래는 없다'란 말은 사학자 단재 신채호(丹齋 申采浩, 1880~1936) 선생이 한 말이다. 강천석 칼럼니스트는 역사는 다가올 위기를 미리 귀띔해 주진 못해도 위기 극복에 필요한 자세와 역량(力量)이 무엇인지 알려준다고 했다.

  영국의 역사학자 토인비(Arnold J. Toynbee, 1889~1975)는 '인류의 역사는 도전(挑戰, challenge)과 응전(應戰, response)의 과정이다'라고 했다. 영국의 정치가요 사학자인 E.H.카(Edward H. Carr, 1892~1982)는 '역사는 과거와 현재와의 끊임없는 대화이며, 역사의 중요한 역할은 과거를 통해 미래를 준비하는 것'이라고 했다.

  지정학적으로 강대국들로 둘러싸인 한반도, 그것도 두 동강 난 작은 나라, 동족이면서도 서로 적국으로 지칭하는 우리나라는 참 부끄러운 민족이요, 어찌 보면 슬픈 나라이다. 지하자원도 없는 작은 나라! 어떻게 생각해 보면 대단한 국민이요, 위대한 능력을 발휘하고 있는 놀라운 나라이기도 하다. 오늘날 우리나라가 선진국으로 도약할 수 있었던 데는 훌륭한 지도자가 있었기에 가능하였다. 흔들리지 않는 지도자가 있었기에 목표와 꿈을 이룩할 수 있었다.

이 장에서는 국가건립 초대 대통령 이승만(李承晩, 1875~ 1965), 경제적으로 한강의 기적을 이룩한 박정희(朴正熙, 1917 ~1979) 대통령, 일제강점기에 국내외 독립투사들 몇 명과 역사 속에 뛰어난 활약을 했던 여성 인물 등 선조들께 감사하는 마음 으로 역사의 갈피를 간략하게 들춰보았다. 필자의 손주 세대, 오늘의 청소년들에게 담화하는 형식으로 이런저런 역사 이야기 를 두서없이 썼다.

필자는 일제 강압 시절의 역사를 간략히 조명해 보았지만, 반 일(反日) 감정이 없다. 오히려 젊은 세대는 일본과 교육, 문화교 류를 더욱 활발히 하기를 바란다. 더욱이 북한이 자주 도발하고, 북한, 소련, 중국의 정치 경제 밀착 시대에 우리나라는 한·미·일 관계를 더욱 공고히 해야 할 필요가 있다고 생각한다. 다만 역 사를 돌아본다는 차원에서 쓴 것이다.

1. 나라 없는 설움은 못 참는다!

『이승만의 청년 시절』

(이정식 지음 · 권기붕 옮김)

　신문에 초대 대통령 이승만기념관 건립 추진위원회가 민관 합동으로 발족(2023.6.28.)했다는 반가운 신문 기사를 읽었다. 이승만 대통령의 장기 집권으로 권력 이양에 실책이 있었음은 우리 국민이 잘 아는 바이다. 하지만 오랜 세월 동안 좌파들의 선동으로 부당한 평가를 받아왔다. 이승만 다큐멘터리(documentary) 『건국 전쟁』 각본·감독과 촬영을 맡았던 김덕영 씨는 100년 내다보고 자유 민주국가를 수립했다고 했다. 1954년 8월 2일 미국 국빈 방문 중이었든 이승만 대통령이 뉴욕에서 카퍼레이드하는 사진이 『조선일보』에 게재 (2024.1.12.) 되었다.

우리나라 건국 역사의 산실 이화장
(梨花莊, 사적 제497호)

　필자는 졸저 문화재 기행 『한국의 멋과 미를 찾아서』를 (2016. 국학 자료원) 출간하기 위해서 이화장을 찾아갔다. 이화장은 이승만 대통령과 국모 프란체스카 도너 리(Francesca Donner Rhee, 1900~1992, 오스트리아) 여사가 사셨던 한옥이다. 이곳에는 민주주의 국가 대한민국 정부 수립 초기에 내각을 조직했던 조각당(組閣堂) 건물이 있다. 정원으로 들어서자 이승만 대통령의 동상이 서 있는 아래 기단에 정치적 슬로건 "뭉치면 살고, 흩어지면 죽는다."가 새겨져 있었다. 먼저 동상에 예를 표했다.

그날 필자는『이승만 대통령의 건강』(프란체스카 도너 리 지음, 조혜자 옮김)이란 책을 선물 받았다. 필자의 남편이 연세대학교 보직교수로 일할 때, 아래 일들을 적극 추진하였다. 이승만 대통령 기록물은 양아들 이인수(李仁秀, 미국 뉴욕대학 정치학 박사) 씨가「이화장」에 비장하였다가 1977년에 거의 모든 기록물을 전부「연세대 현대한국학 연구소」에 기증했다. 그이는 언제고 이승만 기념관이 건립되면 인계하려고 많은 일들을 하였다. (생략)

이승만 대통령은 황해도 평상 출신으로 1897년에 배재학당 영어과를 졸업했다. 1896년에 계몽운동 단체인 협성회보(協成會報) 기자로, 서재필 선생이 이끄는 독립협회 간부로 활동하다가 6년간(1898~1904) 옥살이를 하였다. 출옥 후, 국권 수호를 위한 밀사로 1904년에 미국으로 갔다. 당시에(1905년) 미(美) 국무장관과 시어도어 루스벨트(Theodore Roosevelt Jr. 1858~1919) 대통령과 면담했으나, 러·일전쟁의 평화 협상을 주선하던 미국 대통령은 조선에 도움이 되지 않았다.

이승만 대통령은 조지 워싱턴대학에서 학사학위, 하버드대학 석사과정 수료, 프린스턴 대학에서 「미국의 영향을 받은 중립주의」라는 논문으로 우드로 윌슨 총장으로부터 박사학위(1910.6)를 받았다.

하와이를 근거로 한인 기독학원과 한인기독교를 설립(1918)하고, 3.1 독립만세운동 때 서재필과 함께 필라델피아 한인 대표자 대회에서 한국의 독립을 선언했다. 그리고 민족교육과 독립운동(1913~1939)을 하였다. '배고픈 것도 참을 수 있고, 굴욕도 참을 수 있지만 나라 없는 설움은 못 참는다'라는 정신으로 일생을 사신 건국 대통령이다.

중국인 배의 시체실에 숨어서 상해까지 밀항했다!

1920년 이승만 박사가 상해임시정부의 초대 대통령에 취임했을 때의 일이다. 이때 일본은 이승만에 대하여 국제적으로 현상금을 걸어 놓고 있었다. 보스 윅(Borth Wick) 씨는 하와이에서 유명한 장의사(葬儀社)였다. 하와이에서 노동자로 생활하다가 죽어간 중국인 시체를 수습해 중국으로 보내주는 사업에 성공했다. 이때 이승만 박사는 중국인 옷차림을 하고, 중국인들의 선박 시체를 실은 곳에 숨어서 상해까지 밀항(1920.11)하는 데

성공했다. 상해 임시정부 정신의 밑바탕으로 공헌했다. (『이승만 대통령의 건강』중에서 발췌)

이승만 대통령의 업적

1945년 5월에 샌프란시스코에서 열린 국제연합창립총회에서 한국의 독립을 호소했다. 1945년 해방으로 귀국하여 독립촉성 중앙협의회를 결성하고, 신탁통치 반대운동을 펼쳤으며, 1947년에 민족자결주의를 표명했다. 이승만은 1948년 5.10 총선거로 국회의원에 선출되었고, 그 후 국회에서 초대 대통령으로 당선되었다. 1948년 8월 15일 대한민국 정부 수립 선포식을 했다.

제2차 세계 전쟁의 종결로 해방되었으나 백성들은 가난과 무지에서 벗어날 시간적 여유가 없었다. 게다가 1950년 「6.25 전쟁」으로 3년간 전쟁을 치른 후 휴전협정(1953.7.27)을 맺었다. 전화로 남은 것은 가난과 빈곤, 질병과 파괴뿐이었다. 우리나라는 38선으로 허리 잘린 냉전(冷戰)의 희생물이 되었다. 이때 73세 고령의 이승만 대통령은 12년간 대통령 직책을 맡았지만, 그때는 우리 민족이 보릿고개의 능선을 울며 넘는 시기였다.

이승만 대통령은 일본에 대마도 반환과 배상을 요구(1949)했고, 농지개혁을 시작했다. 한국을 방문한 덜레스(J.F. Dulles) 미국무부 고문에게 한국을 미국의 극동 방위 계획에 포함시킬 것을 요청했다. 일본어선의 침범을 막기 위해 평화선(Peace Line, 1952.1.18.)을 선포했다. 이 경계선은 독도를 대한민국의 영토에 포함했다. 일본을 방문하여 독도 영유 재확인(1953), 반공포로 석방, 한미 상호방위조약(Mutual Defence Treaty, 1953.10.1.)을 체결했다. 최초이며 유일한 동맹조약이다. 이는 한반도의 안정과 평화유지에 큰 영향을 미쳤다. 우리나라는 지난 6, 70년 동안에 세계에서 인정받는 경제 대국으로 번영할 수 있었다. 북한의 잦은 도발과 핵 위협 속에서도 미군의 주둔과 핵우산 정책은 변함없이 유지되고 있다. 어언 70주년을 맞았다.

옛 명언에 "임금이 백성을 사랑하지 않으면 인(仁)이 아니고, 신하가 임금을 간(諫)하지 않으면 충(忠)이 아니다(신숙주)"라고 했다. 충언(忠言)하는 신하가 있었더라면 「4.19」는 일어나지 않았을 수도 있었으리라. 역사에 만약이란 가상이 의미가 없지만…, 안타까워서 해본 말이다.

1960년 3월 15일 부정선거로 「4.19」 혁명이 일어났다. 이승만 대통령은 1960년 4월 26일 하야(下野) 성명을 발표하고 프란체스카 여사와 함께 하와이로 망명했다. 하와이에서 1965년 7월 19일에 서거하였고, 프란체스카 여사는 1992년에 향연 92세로 이화장에서 영면하였다.

참고로 '보릿고개'란 춘궁기(春窮期, Season of Spring Poverty)란 뜻으로 지난해 수확한 후 식량이 떨어지고 초여름 보리가 익을 때까지 먹거리가 없어서 때로는 굶고, 풀뿌리나 나무껍질, 초근목피(草根木皮)로 생명을 유지했다는 말이다. 월별로 말하면 음력 3, 4, 5월이다. 연수로 말하면 일제강점기(1910~1945), 6.25 전쟁(1950.6~1953.7) 후 1960년대까지를 말한다.

박정희 대통령의 이승만 박사 서거 추도사 중에서

…일제의 침략에 쫓겨 해외의 망명 생활 30여 성상에 문자 그대로 혹은 바람을 씹고 이슬 위에 잠자면서 동분서주로 쉴 날이 없었고, 또 혹은 섶 위에 누워 쓸개를 씹으면서 조국광복을 맹세하고, 원하던 것도 그 또한 혁명아만이 맛볼 수 있는 명예로운 향연이었던 것입니다.

그러나 마침내 70 노구로 광복된 조국에 돌아와 그나마 분단된 국토 위에서 안으로는 사상의 혼란과 밖으로는 국제 알력 속에서도 만난을 헤치고, 새 나라를 세워 민족과 국가의 방향을 제시하여 민주 한국 독립사의 제1장을 장식한 것이야말로 오직 건국아 만이 기록할 수 있는 불후의 금문자였던 것입니다. (생략)

(1965년 7월 27일 대통령 박정희)

해방 40주년을 기념하여 하와이에 이승만 박사의 동상이 세워졌다. 1988년 8월 15일, 대한민국 건국 40주년 기념 때 이승만 대통령의 동상이 이화장에 세워졌으며, 사저는「대한민국 건국 대통령 우남 이승만 박사 기념관」으로 지정되었다.

조국 근대의 상징적 존재요 애국자였던 이승만 대통령의 사저 이화장을 둘러보고 돌아서는 필자의 가슴은 뭔가 개운치 않았다. 초라한 조각당과 구석구석 묻어나는 가난한 역사적 유적지 이화장! 이제는 자유 민주주의 나라의 기초를 세운 국부로서 우리 국민의 따뜻한 마음과 존경심을 담아 국회의사당이 있는 여의도 어디쯤 동상이라도 건립했으면 좋겠다고 생각했다.

권좌에서 내려올 때를 놓치지 않았다면 하는 아쉬움

『조선일보』에 소설가 복거일(卜鉅一)에 의해「이승만 오디세이(Odyssey)」가 시리즈로 게재되고 있다. 필자는 우리 집 그이와 이승만 대통령에 관하여 대화(2023.9.15.)했다. 그이는「건국 전쟁(The Birth of Korea)」영화를 보려고 계획하고 있다. 대화의 핵심은 '권좌에서 내려올 때를 놓치지 않았다면…'였다.

참고로 '오디세이(Odyssey)'는 기원전 12세기, 고대 그리스의 신화에 나오는 '트로이아 전쟁(Trojan War)'에 나오는 서사시(敍事詩, Epic)이다. 주로 신화, 전설, 영웅모험담을 이야기 형태로 쓴 시를 말한다.

그이는 이승만 대통령의 그 많은 업적을 제대로 인정받지 못하는 데 대한 안타까움을 예를 들어 말해주었다. 그이는 미국에서 정치외교학을 전공하고, 미국 대학에서 10년, 한국 모교 Y대학에서 퇴임할 때까지 가르쳤다. 필자는 그이에게 정치에 대하여 궁금한 점을 자주 묻는다. 귀찮아할 때도 있지만, 때로는 자상하게 설명해 줄 때도 있다. (웃음)

미국의 국부, 조지 워싱턴(George Washington, 1732~1799) 초대 대통령은 평생 군인이었다. 미국의 독립전쟁(1775~1783)에서 대륙군 총사령관으로 전쟁을 성공적으로 이끌었다. 그러나 4년제 대통령 2번만 하고 보따리 사서 고향집으로 가버렸다.

미국 제33대 트루먼(Harry S. Truman, 1884~1972) 대통령은 세계 2차 대전 때 나치 독일의 항복을 받았고, 일본의 천황 히로히토로부터 항복을 받았다. 2차대전이 끝나고 미·소 냉전 시대에 들어갔다. 트루먼은 러시아가 수소탄을 만들고, 핵 개발하고 할 때 자극을 받았다.

미국은 러시아의 동아시아 관문인 한반도의 중요성을 깨달았다. 「6.25 한국전쟁」이 일어났을 때 트루먼 대통령은 신속하게 미군을 파병하였고, 동아시아와 한반도를 지키기 위하여 국제연합 UN 총회를 통하여 대한민국에 참전하게 하는 데 절대적인 역할을 했다. 그 당시에 美 국무성과 국방부에 한국을 아는 전문가가 하나도 없었다. 트루먼 대통령은 2차대전 후에도 미국경제를 안정시켰다. 그런데도 4년 임기를 두 번 마치고 권좌에서 물러났다.

'내가 다 책임진다. (The buck stops here)'

근래(2024.2.) 신문에 특별히 조명받고 있는 말 "내가 다 책임진다"에 대하여 그이와 나눈 대화 중에서 옮긴다. 트루먼 대통령(재임 1945.4.~1953.1.)은 19세기 중반 미국 개척자들이 일군 땅 미주리(Missouri)주 인디펜던스(Independence) 시골 출신이다. '내가 다 책임진다. 나는 미주리 출신이다. 트루먼 대통령의 집무실엔 (I'm from MISSOURI)'라고 쓰여 있었다.' 그는 자신의 신분과 책임을 잊지 않기 위하여 이런 문구를 새겼다고 했다. 그는 가난하여 대학도 못 다녔다. 프랭클린 루스벨트 대통령(Franklin D. Roosevelt, 1882~1945)이 갑자기 서거하자 부통령이 된 지 82일 만에 대통령직을 승계했다.

우리 집 그이가 캔사스 대학(Univ. of Kansas)에서 석사과정 때 트루먼 대통령의 고향집 인디펜던스 역사 유적지를 2번이나 가 본 적이 있다고 했다. 자기가 다니는 대학교와 멀지 않은 곳이었다.

尹 대통령의 집무실 팻말 뒤편에 있는 '내가 다 책임진다'는 말은 트루먼 대통령 8년 동안 자신이 출발했던, '초심'을 잃지 않으려는 뜻이었을 거라고 생각한다. '내가 누구고 어디에서 왔으며 무엇을 해야 하는가'는 모든 대통령이 곱씹어야 할 질문이다. 윤 대통령이 '내가 다 책임진다'라는 트루먼 대통령 '집무실 팻말 문구를 좋아한다'라는 말을 듣고 조 바이든(Joe Biden, 1942~, 제46대) 대통령이 한국을 방한할 때 같은 문구의 팻말을 윤 대통령에게 선물했다.

(『조선일보』 2024.2.1. 양상훈 칼럼)

유럽 역사를 보더라도 영국의 처칠(Sir Winston Churchill, 1874~1965)은 42대, 44대(1951.10.~1955.4.) 총리였다. 세계 제2차 대전(1939~1945) 중 연합국을 승리로 이끈 영웅이다. 이때 '노르망디 상륙작전'과 '홀로코스트'란 말이 생겼고, 나치독일, 파시스트 이탈리아, 일본제국의 멸망을 가져왔다. 처칠은 2차 대전 때 물러난 것을 상·하 양 의원이 합동으로 찾아가 모셔왔다.

참고로 노르망디 상륙작전(Normandy Landing)은 제2차 세계 대전 때 연합군이 프랑스 북부 노르망디 상륙작전(1944.6.6. Battle of Normandy)에 성공했다. 날씨도 좋지 않았지만, 역사상 가장 큰 상륙작전이었다. 즉 나치 독일이 점령하고 있던 북

서유럽 서부전선에서 연합군의 승리에 크게 작용했다.

프랑스의 샤를 드골(Charles de Gaulle, 1890~1970) 대통령은 자유 프랑스의 지도자로서 레지스탕스(Resistance) 나치독일에 대한 저항 운동가였다. 약 10년간(1959~1969) 프랑스 공화국 대통령이었다. 세계 1차대전(1914~1918) 때 참전하여 3번 부상했고, 2년 8개월 동안 포로 생활했다. 장기 집권했으나, 1969년 지방 제도 및 상원 개혁에 관한 국민투표에 패하자, 대통령직을 사임하고 고향으로 돌아갔다. 하향(下鄕)한 다음 해 1970년 11월에 임종했다. 그의 유언에 따라 국가 유공자를 모시는 팡테옹 묘지가 아닌, 고향마을 공동묘지 한 코너에 묘비를 세웠다. 묘비명에는 대통령이란 직책은 쓰지 않고 이름과 생몰 연대만 기록돼 있다. 그이는 이승만 대통령의 업적은 많았다. 다만 권좌에서 내려올 때를 놓치지 않았다면 하는 아쉬움으로 대화했다.

『이승만의 청년 시절』
(이정식 지음 · 권기붕 옮김) 2002, 328쪽

저자 이정식(李庭植, 1931~2021) 교수는 美 펜실베이니어 대학교 명예교수였다. 필자는 『이승만의 청년 시절』 연세대학교 출판부에서 나온 한글판을 읽었다. 이승만의 자서전에서 간략히 발췌했다. 자서전은 제1부와 제2부로 돼 있다.

청년 이승만의 자서전 1부(p. 248~328)

이승만은 1875년 황해도 평산에서 6대 독자로 태어났다. 이승만 대통령 어머니의 태몽이다. 어느 날 밤, 어머니는 큰 용이 하늘에서 날아와 자기 가슴에 뛰어드는 꿈을 꾸고 깨어나서 가족에게 그 이야기를 하였는데, 그것이 나를 갖게 된 태몽이었다. 내가 태어날 때 나의 모친은 40이 거의 다 되었다. 그리고 "나는 어린 시절의 관습대로 어른들의 중매로 19세에 장가를 들었다." 나의 부친은 한때 부자였으나 젊은 시절에 모두 탕진해 버렸다. 나의 모친에 의하면 내가 태어날 무렵에는 재산이 없었다고 한다. "너의 아버지는 여자나 도박에는 흥미가 없었지만, 친구와 술을 위해서 있는 대로 모두 내놓았다."는 것이다.

천재(天才) 이승만

"유가(儒家)에서 태어난 나는 중국 고전과 역사, 문학, 종교 등에 관한 책들을 습득하여 과거시험 보는 것을 의무로 여겼고, 유교만큼 훌륭한 종교는 있을 수 없다고 믿고 있었다." (p. 270) 유교는 지배계급을 위한 것이고, 불교는 일반 대중을 위한 것이었다.

나의 어머니는 나에게 천자문(千字文)을 외게 하였는데, 내가 6살 때 천자문을 모두 외우자, 그것을 축하하기 위하여 우리 집에서는 동네 사람들을 불러 모와 큰잔치를 베풀었다. 천재 이승만은 16~17세 때 「사서삼경(四書三經)」 모두 떼었고, 과거시험을 쳤다. 모친은 한시(漢詩)도 가르쳤는데, 내가 어릴 때 왼 한 구절의 아동 시가 나의 마음속에 얼마나 깊이 새겨졌던지, 그 후에도 오랫동안 그런 시를 지으려고 애쓰곤 했다. (웃음)

바람은 손이 없어도 나무를 흔들고 (風無手 搖樹木)
달은 발이 없어도 하늘을 건너간다. (月無足 橫蒼空)

이승만은 영어를 배우려고 했는데 어머니는 배재학당에 가는 것을 반대했다. 그때 배재학당 교장이 미국 선교사 아펜젤러 (Henry G. Appenzeller, 1858~1902) 이었다. 이승만은 배재학당에서 영어 공부를 시작한 지 6개월 만에 영어 선생이 되었다. 영어책을 한국말로 번역하고 싶었다.

정부에서 1895년에 단발령(斷髮令)을 내렸을 때 이승만은 지금의 연세대 의대 제중원(濟衆院)에서 한국말을 가르치고 있었는데, 그 진료소에서 에이비슨(Dr. O. R. Avison) 의사가 가위로 자신의 상투를 잘라주었다.

송재 서재필(松齋 徐載弼, 1864~1951, 전라도 生) 씨가 미국

에서 돌아와 배재학당에서 가르쳤고, 한국에서 처음으로 민간 신문을 발간했다. 1896년 4월 7일 발간한 순 국문『독립신문』은 일주일에 3회 발간되었다. 그는 또 미국의 보호 아래 독립협회를 조직했다. 서재필은 미국 조지 워싱턴 대학 의과대학원 의사 학위를 받았으며, 병리학자였다. 그는 미국 국적을 가진 한국 독립운동가였다.

배재학당에서 이승만은『협성회 회보(協成會會報)』를 시작했고, 그 주필이 된 이승만은 왕당파 황국협회의 충돌로 인해 체포되었다. 이때 이승만은 무기 징역과 태(笞) 1백 대를 선고받았다. 나의 선친이 오셔서 '너는 6대 독자'라고 강조하였다. 이승만은 급진적 지도자 중의 하나로 지목되었다. 17명이 수감 되었을 때 정부는「독립협회」를 폐지하고, 고문한 후, 나무칼과 족쇄를 채우고 어두운 감옥소에 가두었다. 감옥살이 6년 반, 비밀히 영어 공부를 하였다. (p. 275) 1904년 8월 7일 사면을 받고 다시 세상에 나올 수 있었다.

제2부 (p. 276~328)

제2부에 이승만은 출옥 후(1904.8.) 일본인의 감시를 받았다. 외교 밀서를 가지고 미국으로(1904.11.4.) 갔으나 성과를 거두지 못했다. 이승만은 1908년 9월, 프린스턴 대학 대학원에서 1910년 6월 박사학위 받았다. 당시 계기가 되어 우드로 윌슨(Woodrow Wilson, 1856~1924) 총장과 그의 가족이 이승만에게 친밀히 대해주었고, 한국과 한국 선교에 관심이 많았다. 후에 우드로 윌슨 총장은 미국의 28대 대통령(1913~1921)이 되었다. 공부하는 동안 이승만은 워싱턴 부근의 각 교회에서 자선금, 의연금(義捐金)을 얻어 생계를 유지했다.

1933년 오스트리아 프란체스카 도너와 재혼하게 되고, 그때 신부는 33세, 신랑은 58세였다. 배우자 프란체스카 여사는 독어, 영어, 불어, 속기, 타자에 능숙하고, 이승만의 비서로, 독립운동의 동지자로 1인 3~4역을 훌륭히 감당했다.

이승만 대통령의 양아들 이인수 (92세, 2023.9.)씨는 그간 4.19 유족들의 강력한 거부로 4.19 묘소를 참배하지 못했는데 63년 만에 참배했다. 「4.19」 때 부상당한 학생들을 만나고 와서 "내가 맞을 총알을 우리 애들이 맞았다며, 한참을 우셨다." 그런 선친의 진심을 유족들에게 전하고 싶다고 했다.

(『동아일보』 2023.9.1)

이승만 대통령 기념관 건립 추진위원회 회장(김황식), 부회장(나경원) 이영일 기념사업회 회장 등 의원 30여 명이 참여한다고 했다. 2027년 완공 개관을 목표로 하며, 후보지로 서울 용산구 국립중앙박물관 옆 부지를 선정(選定)했다. (『조선일보』 2024.8.23.) 건국 대통령의 기념관이 멋있게, 순조롭게 완공되길 희망한다.

2. 우리도 하면 된다!

박정희 대통령의 「한강의 기적과 새마을 운동」

박정희(朴正熙, 1917~1979) 대통령은 대구 사범대학을 졸업하고 교사로 3년간 재직했다. 만주국 육군 군관학교(1940~1942)를 마치고, 성적 우수자 추천으로 일본 육군사관학교에 진학하여 졸업했다.

1961년 5월 16일 박정희 육군 소장을 중심으로 육군 장교들이 일으킨 군사 정변 이후 「국가재건 최고 회의(Supreme Council for National Reconstruction)」라는 국가 최고 통치 기구를 조직하여 입법 사법 행정부를 장악했다. 재임 기간은 1963년부터 1979년이다. 유신(維新·혁신, 개혁)으로 민주주의가 후퇴한 것은 사실이지만, 그의 업적은 지대(至大)하다. 그의 정치적 슬로건은 '우리도 하면 된다'이고 휘호는 '내 일생 조국과 민족을 위해서'였다.

참고로 유신헌법(維新憲法, 1972.10.17. 특별 선언)은 제3공화국의 헌법개정으로 박정희 대통령의 종신집권을 의미한다.

국가재건 5개년 사업을 성공적으로 추진하여 위대한 업적을 쌓았다.

1차 경제개발 5개년 사업(1962~1966)으로 식량 자급과 공업 구조 고도화의 기틀을 마련하여 7억 불 수출을 달성했다. 2차 경제개발 5개년 사업(1967~1971)은 식량 자급화와 산림을 녹화했다. 화학·철강·기계공업의 건설에 의한 산업화의 고도화로 1970년에 10억 달러 수출을 달성했다. 그리하여 고용 확대와 국민소득의 비약적 증대를 가져왔다. 그 유명한 포항제철소(POSCO, 1968.4.1.)도 이 시기에 설립되었다. 박 대통령의 마지막 비서관 김광모 씨는 K2 전차와 원전 수출은 박정희 대통령의 '중화학 선언'의 열매라고 했다.

경부고속도로 기공 및 개통(1968), 서울 지하철 기공 및 개통(1974), 농촌 현대화 '새마을 운동'(1970 시작), 대규모 중화학공업 및 육성, 산림녹화, 식량 자급자족 실현, 자주국방 및 군대 현대화 등, 세계가 부러워하는 한강의 기적(Miracle on the Han River)을 이루었다. 두 번의 세계대전의 패전국인 서독의 경제성장을 라인강의 기적(Miracle on the Rhine)이라 하듯이, 우리나라는 한강의 기적을 이루었다.

지하자원도 거의 없는 한국이 1960년대에 개발도상국 74개 나라 중에서 15위로 급발전했다. 박정희 대통령은 새로운 독자적인 비전을 구상했고, 무엇이 우리 국민에게 필요하며 옳은지를 알았으며, 우리도 하면 된다는 신념으로 이끌었다. 박정희 대통령은 각 분야에 훌륭한 인재를 등용하여 일할 수 있도록 적극적으로 밀어주었다. 국가의 최고 지도자로서 가장 중요한 덕목이다.

1960년대 초 한국 유학생이 도미할 때

1961년 군사 쿠데타가 일어났을 때 우리나라는 말 그대로 보릿고개를 넘던 시절이었다. 가정집에 TV와 냉장고는 말할 것도 없고, 전화기도 없었다. 마을 동 사무소에 전화기 1대가 설치돼 있었다. 이를테면 부모가 돌아가셔도 전화할 수도 없었다. 국제전화는 동사무소에 신청해 놓고 차례가 오면 통지를 받고 사용해야 했었다.

우리나라는 헌 의복과 깡통 음식 등 미국으로부터 구호 물품을 받았다. 그러니 가난하고 미개한 나라 백성이라고 가슴 사진과 각종 전염병 면역주사를 맞았다는 서류를 구비 해야 미국 입국허가 비자(VISA)가 발급되었다.

당시 우리나라는 가난해서 법적으로 외국 유학생은 달러로 바꾸어 갈 수도 없었다. 국제비행기 값 외에는. 그래서 유학생은 다 타국에서 일하며 공부했다. 그 시절에 유학했다면 하나같이 눈물 젖은 빵을 먹어야 했다. 하긴 괴테가 한 말이던가? 눈물 젖은 빵을 먹어보지 않은 사람은 인생의 참맛을 모른다고. 유학생이 가정을 가졌다면 부부가 다 일하며, 공부하며, 자녀도 함께 교대로 맡아 양육해야 했다. 우리 집 그이는 1961년에 군사정변이 일어나고 몇 달 후에 미국 유학길에 올랐다. 낯선 땅에서 아르바이트(part-time job)하며 공부했다. (생략)

박정희 대통령의 유신(維新) 특별 선언(1972.10.17.)

박정희 대통령은 국회해산과 정당 및 정치활동 중지 등 전국에 비상계엄령을 선포했다. 삼권분립 및 견제와 균형이란 의회민주주의를 부정하고, 조국의 평화통일을 지향하는 새 헌법 개정안(유신헌법 ·1972.10.27.)을 공고했다. 새 헌법 개정안이 국민투표로 확정(1972.12.27.)되었다. 유신체제는 1979년 12월까지 이어졌다. 박 대통령은 유신독재라는 역사적 과오(過誤)를 범했다.

이만섭 전 국회의장이 박정희 대통령은 "한국의 오늘을 있게 한 분이자, 기초를 닦은 분이다." 장기 집권이 문제였다. 굉장히 소탈하고 청렴했으며, 부정부패에 엄격했다고 했다. 세월이 흐를수록 우리 국민은 박 대통령을 높이 재평가한다.

국사를 살펴보면 대한민국 국군의 베트남 전쟁(월남 전쟁, 1964~1973) 참여로 군대 무기 현대화와 외화 소득이 증대됐다. 한·독 근로자 채용협정으로 한국의 광부와 간호사를 서독으로 보냈다. 파독(派獨) 광부와 간호사로 외화 증대와 중공업의 중동진출로 건설업계의 국내 재건에 이바지한 공로는 참으로 컸다. 동시에 박 대통령은 한국을 농업 국가에서 면방직 노동집약으로 수출주도 전략을 추진했다. 1964년에 구로공단 수출단지를 조성했다.

서독 대통령(뤼브케)이 보내준 비행기로 서독방문 (1964.12.7.)

세계에서 가장 가난했던 나라, 돈을 빌리기 위해 서독 갈 비행기가 없어서 박 대통령은 서독 총리 루트비히 에르하르트 (Ludwig W. Erhard, 1897~1977)가 보내준 비행기를 타고 1964년 12월 초에 서독을 방문했다. 외화벌이를 위해 광부와 간호사를 파독(派獨)한 지 1년 뒤였다.

한국 국민의 근면과 성실을 담보로 차관 총액 1억 5천9백만 마르크스(상업차관, 재정차관 5천4백만)이었다. 이는 경부고속도로와 포항제철의 종잣돈이 되었다. 국가재건과 기초산업을 세웠다. 지금 세계 10대 경제 대국이 되었으나 슬픈 과거사를 잊어서는 안 될 것이다. 박정희 대통령 내외가 서독에서 함보른 탄광 광부와 간호사를 만났을 때 함께 얼싸안고 울었다는 사건은 세월이 흘러도 우리 국민의 가슴에 문신처럼 새겨져 있다.

2023.12.5. 수출 60년 기념일

수출 1억 달러를 달성한 제1회 「수출의 날」 기념식(1964.12. 5.)이 서울 시민회관에서 열렸다. 오징어, 가발, 섬유, 신발 등 경공업 제품을 수출했다. 1960년대 정부는 이공계 인력양성을 위해 미국에 도움을 청했다. 이때 실리콘 밸리(Silicon Valley)의 아버지로 불리는 프레더릭 터먼 (Frederick Terman, 1900~1982) 교수가 1970년 한국을 직접 방문해 실태를 파악하고, 정부 인사와 과학자들을 만난 후, 1971년에 탄생한 것이 「한국과학원 (Korea Advanced Institute of Science, KAIS)」이다. 오늘날 카이스트(KAIST·한국과학기술원)로 확대되었다. (『조선일보』 민태기의 사이언스토리, 2023.9.25)

박 대통령은 1973년 1월 연두 기자회견에서 중화학공업 정책 및 육성을 선언하고 경제부흥의 꿈을 실천했다. 정유공장과 비료공장을 건설했다. 포항제철(POSCO. 1968.4.1.)을 설립하고 박태준(朴泰俊, 1927~2011)을 초대 회장으로 지명했다. 포항제철은 창립된 지 10년 만에 연간 550만 톤을 생산하는 세계적인 기업이 되었다. 참고로 사관학교 생도 시절 박태준 회장이 육군 소위로 임관했을 때 제1 중대장이 박정희 대위였다고 했다.

옛말에 군왕의 제일 중요한 미덕(美德)은 신하의 능력을 알고, 큰일을 맡기는 것이라고 했다. 박정희 대통령은 사람 쓰기, 즉 인재 발탁을 잘했다고 우리 집 그이는 국가 지도자를 논할 때 말한다.

도대체 어디서 그런 생각이!
(Where did that idea come from?)

박정희 대통령이 1965년 미국. 육군사관학교 웨스트포인트(West Point)를 방문했을 때다. 외국 원수가 국가를 방문했을 때는 즉석에서 육군사관학교 생들의 퍼레이드(Parade)를 요청하든지, 사관학교 생들을 상대로 연설하든지, 아니면 육군사관학교에서 주는 기념품 선물을 받든지 하는 특권이 있었다.

그때 박 대통령은 "지금 교정에서 벌을 받는 생도들을 사면해 달라"고 했다. 학교 당국은 교정에서 학칙 위반으로 벌을 받던 260명을 특별사면한다는 특사령을 발표했다. 점심을 먹던 육사 생들이 일어서서 기립박수를 하자, 같은 식당 2층에서 점심 먹던 박 대통령은 일어서서 손을 흔들어 화답했다. 그 후, 미국 육사를 졸업한 장교들은 한국 근무를 영광으로 여기는 전통이 생겨났다고 한다. 위의 내용을 필자는 어디서 읽었던 기억이 있다. 그런데 2023년 11월 어느 날 남편이 친구에게서 온 카톡 내용을 필자에게 전해주었다.

겨레를 구원한 위대한 선조 5명?

우리집 그이에게 온 카톡(2023.11.28.) 내용에 반만년 우리 민족의 역사상에 겨레를 구원한 위대한 선조 5명이 있었다. 고려 말 문익점(文益漸· 1329~1398)은 중국 원나라에서 목화씨를 가져와 재배에 성공하여 무명옷과 솜이불을 덮게 하여 추위를 막아 주었다. 이전에는 겨울에도 서민은 삼베옷, 닭털, 억새꽃 등으로 추위를 겪었다. 세종대왕(1397~1450)은 한글 창제 반포(1446)로 백성을 문맹에서 구출하였다. 허준(許浚· 1539~1615, 조선 중기 의전) 선생은 『동의보감(東醫寶鑑)』을 지어(1613) 질병으로부터 구출해 주었다. 오랫동안 왜구의 침략전쟁, 임진왜란에서 나라를 구했던 충무공 이순신(1545~1598) 장군이 있었다. 그리고 배고픔의 고통에서 이 민족을 구한 박정희 대통령이었다.

사족을 달아본다. 지난 60년 동안에 지구촌에서 가장 성공한 나라, 살기 좋은 나라, 세계인들이 인정하는 선진국 대한민국! 필자의 유년 시절에는 가난하여 점심을 못 먹을 때가 수다했다. 오늘날 (『조선일보』 2024.8.29.) 살 빼는 약, 비만치료제 가격경쟁을 하고 있다. 이토록 부유한 나라가 됐다.

그런데 왜 '울분(embitterment) 사회' 국민의 49.2%가 불행하고, OECD 나라 가운데 자살률 세계 1위인가? 우리 국민의 정신 세계는 중병을 앓고 있다. 일제 강압 때 '민족 개조론' 운동을 했듯이, 오늘날 우리 사회의 지나친 비교와 경쟁의식에서 오는 억울함, '울분 사회'의 열기를 치유할 약은 없을까? 저마다 원대한 희망을 품고 달릴 수 있는 사회를 갈망하며….

3. 윤봉길 의사의 유훈(遺訓)

  냉전의 종식으로 독일의 베를린 장벽(1961~1989.11.)이 무너진 후 1990년대에 남편의 대학 동기생 부부들은 함께 대만을 비롯해 중국 여러 곳을 여행했다. 전에는 중국을 폐쇄된 '죽(竹)의 장막(Bamboo Curtin)'이라 했었다. 우리 일행은 상해의 윤봉길 의사(尹奉吉 義士, 1908~1932)의 유적지, 폭탄 투척 자리와 비석이 세워진 곳도 찾아갔다.

  당시에 일본 왕의 생일인 천장 절 및 상해사변 전승 기념식(1932.4.29.)이 열리는 홍커우공원에서 윤 의사는 수통형 폭탄을 던져 상해 일본 거류민 단장과 상해파견군 대장을 폭사시켰고, 그 외에도 여러 사람에게 중상을 입혔다. 윤 의사는 자살용 도시락 폭탄의 안전핀을 뽑는 순간에 일본 경찰에 체포되고 말았다. 같은 해 12월 19일에 사형선고를 받고 24세의 나이로 일본 오사카 형무소에서 순국하였다. 윤봉길 의사가 태어나고 자란 충남 예산군에서는 생가(사적제 229호), 사당, 기념관, 기념탑이 있다. 서울특별시·서초구에는 국민성금으로 건립된 「매헌 윤봉길 기념관」(2001)이 있으며 유물이 전시 보관돼 있다.

  윤봉길 의사의 조국에 대한 불타는 애국심을 읽으며 그의 유훈을 되새겨 본다. 윤 의사는 의거 이틀 전에 두 아들에게 친필 글 「강보에 싸인 두 병정에게」란 친필 글을 남겼다. 필자의 졸저 『재미있고 신비로운 아시아 여행기』(2010. 새미, p. 68) 에서 옮겼다.

맹자, 나폴레옹, 에디슨의 어머니처럼

"너희도 만일 피가 있고 뼈가 있다면 반드시 조선을 위해 용감한 투사가 되어라. … 너희들은 아비 없음을 슬퍼하지 말아라. 사랑하는 어머니가 있으니, 어머니의 교양으로 성공하는 사람이 되기를. 동서양 역사를 보건대 동양으로 문학가 맹자가 있고, 서양으로 프랑스 혁명가 나폴레옹이 있고, 미국에 발명가 에디슨이 있다. 바라건대, 너희 어머니는 그의 어머니가 되고, 너희들은 그 사람이 되어라." (보훈 school)

필자는 윤봉길 의사가 말한 위대한 3인의 어머니를 찾아보았다.

맹자 어머니의 '맹모삼천(孟母三遷)'

맹자(孟子, BC 372~BC 289)의 어머니는 맹자의 교육을 위해 3번이나 이사를 하였다는 맹모삼천(孟母三遷)이란 널리 알려진 말이다. 맹자가 어릴 때 공동묘지 근처에 살 때는 동네 아이들과 제사 지내는 흉내를 내며 놀았고, 시장 근처에 살 때는 장사꾼 흉내 내며 놀았다. 이에 맹자 어머니는 서당 근처로 이사 갔는데 글공부하는 흉내를 내며 놀았다. 그제야 맹자의 어머니는 안심했다는 배경 이야기이다.

기원전 4세기에 맹자는 공자에 이어 성선설(性善說) 즉 인간의 본성은 선하고 착하며, 이 본성을 지키고 가다듬는 것이 도덕적 책무라고 했다. 인의(仁義)를 주창했다. 맹자의 언행을 기록한 책이 유교 경전이며, 유교를 중국의 지조 이념으로 세운 것은 맹자였다. 맹자는 겨울, 밤, 비 오는 날은 여가 시간 즉 '삼여(三餘)'라 하여 책을 읽기를 좋아했다. 맹자는 '천하에 영재(英才)를 얻어 이를 교육하는 것은 인생의 지락(至樂)이다'라고 했다.

나폴레옹 황제
나의 심지(心志), 면력(勉力), 자치(自治)는 모두 나의 어머니의 교육으로부터…

나폴레옹 보나파르트(Napoleon Bonaparte, 1769~1821)는 프랑스 시민혁명 시기에 제1제국의 황제였다. 나폴레옹 황제가 남긴 큰 업적 중 하나는 『프랑스 민법전 (Code Napoleon, 1804) 』이다. 이는 세계 여러 나라의 민법에 큰 영향을 미쳤다.

나폴레옹이 사관학교 생도가 되던 15세 때 아버지가 돌아가셨고 황제의 어머니는 30대 초반에 미망인이 되어 여러 명의 자식을 키웠다. 아버지가 돌아가셨을 때 보나파르트가 어머니께 쓴 편지 내용이다.

> "…소중한 나의 어머니, 이제 평안을 찾으세요. 어쩔 수 없는 상황이잖아요. 저희가 어머니의 뜻에 순종함으로써 사랑하는 남편을 잃은 어머니의 크나큰 상실감을 조금이나마 덜어드릴 수 있다면, 그것으로 저희는 행복하리라 생각합니다." 이 시기에 가능하면 빨리 직업을 구해 사랑하는 어머니를 도우려는 생각이 간절했기 때문이다.
>
> (『천재들의 학창 시절』 p. 182)

나폴레옹은 10대 학창 시절에 산수에는 놀랄만한 탁월함을 보였다. 역사와 지리를 좋아하는 편이었고, 그 외 과목에는 성적이 보통이었다. 나폴레옹은 어릴 때 거짓말하는 징후가 보여 어머니는 엄하게 자주 꾸짖었다. 훗날 나폴레옹 황제는 자기를 만든 데는 어머니의 교육이 있었다고 회고했다. 나의 심지(心志), 나의 면력(勉力), 나의 자치(自治)는 모두 어머니의 교육으로부터 얻은 것이다.

필자는 나폴레옹이 가난했을 때 겪었던 슬픈 에피소드를 읽었다. 그리고 프랑스를 여행하면서 그의 위대한 업적을 보았다.

그의 명언이다. '큰 희망이 큰사람을 만든다. (Great hopes make great men.)'

에디슨의 어머니 '넌 무엇이든지 할 수 있다.'

발명왕 토머스 에디슨(Thomas Alva Edison, 1847~1931)은 어릴 때 성홍열(猩紅熱, scarlet fever)을 앓아 한쪽 귀가 안 들리고, 몸이 허약하여 학교도 늦게 입학했다. 학교 입학한 지 3개월 만에 저능아라고 퇴학당했다. 학교 선생님이 학생들 앞에서 에디슨을 '멍청이'라고 불렀다. 선생님은 가르칠 수 없다며 어머님이 직접 가르치라고 했다. 8세 된 에디슨은 큰 충격을 받았다.

에디슨의 어머니는 '넌 무엇이든지 할 수 있다,'며 보듬어 주고 용기를 북돋워 주었다. 그는 후일에 발명왕이 되었다. 에디슨은 훗날 이렇게 말했다. "어머니가 오늘의 저를 만드셨습니다. 어머니는 언제나 저를 이해하시고, 제가 하고 싶은 것을 하도록 내버려두셨지요."

(『천재들의 학창 시절』 p. 245)

에디슨이 발명한 몇 가지만 들면 백열등, 축음기, 영화촬영기, 장거리 전화기, 등사기 등 미국 특허가 1,093개가 에디슨의 이름으로 등록돼 있다. 에디슨의 명언을 인용한다. "우리의 가장 큰 약점은 포기하는 것이다. 성공하는 가장 확실한 방법은 항상 한 번 더 시도하는 것이다." 가장 널리 알려진 명언은 "천재는 1%의 영감과 99%의 노력으로 이루어진다."이다.

4. 독립투사 저항 시인(詩人)

독립투사 저항 시인이라면 윤동주(尹東柱, 1917~1945)와 이육사(李陸史, 1904~1944)가 떠오른다. 만해 한용운(萬海 韓龍雲, 1879~1944)의 「님의 침묵」 시와 모윤숙의 「국군은 죽어서 말한다」란 수필도 국어 교과서에서 배웠다.

한용운 시인은 충청도 태생으로 승려였고, 독립운동가였다. 「3.1 만세운동」 민족 대표 33인 중의 한 사람이다. 승려들의 결혼 자유화와 불교계의 현실 참여를 주장했다. 강원도 인제군의 백담사 경내에 「만해기념관」이 있고, 서울특별시 성북동에 한용운 선생이 만년을 보낸 심우장(尋牛莊)이 있다.

필자의 중·고등학교 시절에는 국어 교과서에 애국적인 시와 수필이 많았다. 시 읊기가 취미인 필자는 요즘도 윤동주의 「별 헤는 밤」과 「서시(序詩)」, 이육사의 「청포도」 시를 애송한다. 지면 관계로 두 시인만 조명하였음을 밝힌다.

연세대 신촌 캠퍼스 교정에 있는 윤동주 시비(詩碑)

윤동주 시인은 1917년 북간도에서 태어나 그곳에서 초·중·고등학교를 다녔다. 경성(京城)으로 유학 와서 1938년에 서울 연희 전문학교(지금의 연세대) 문과에 입학했다. 다음 해에 『소년(少年)』지에 시를 발표하고 문단에 등단했다. 1941년에 연희 전문학교를 졸업한 후, 다음 해에 일본 교토 동지사대학(同志社大學)에 입학했다.

1943년 항일운동을 했다는 혐의로 일본 경찰에 체포되어 2년 형을 받았다. 윤동주 시인은 일본 후쿠오카 형무소에서 향년 27세로 요절했다. 형무소 측은 사망원인을 '뇌일혈' 이라지만, 정체 모를 주사를 정기적으로 맞았는데, 이는 일제의 생체실험 대상자였기 때문이었다고 한다.

윤동주의 유고 시집 『하늘과 바람과 별과 시』가 1948년에 발간되었고, 탄생 100주년인 2017년 3.1절에 KBS 다큐멘터리로 방송되었다. 서울 신촌 연세대학교 교정의 시비에는 「서시(序詩)」가 새겨져 있다.

죽는 날까지 하늘을 우러러/ 한 점 부끄럼이 없기를,
잎새에 이는 바람에도 /나는 괴로워했다.

별을 노래하는 마음으로 / 모든 죽어가는 것을 사랑해
야지
그리고 나한테 주어진 길을 / 걸어가야겠다.

오늘 밤도 별이 바람에 스치운다. (「서시」)

윤동주의「별 헤는 밤」시는 눈물 없이는 감상할 수 없다. 시인은 별 하나마다 추억, 사랑, 쓸쓸함, 동경(憧憬), 시(詩) 하나를 불러 보다가, 어머니, 어머니 하며, 어머니를 부른다. 몇 구절만 인용한다.

> 계절이 지나가는 하늘에는 가을로 가득 차 있습니다. …
> 가슴 속에 하나 둘 새겨지는 별을 / 이제 다 못 헤는 것은
> 쉬이 아침이 오는 까닭이요, / 내일 밤이 남은 까닭이요,
> 아직 나의 청춘이 다 하지 않은 까닭입니다.

> 별이 아슬히 멀듯이, 어머님, 그리고 당신은 멀리 북
> 간도(北間島)에 계십니다. …
> (「별 헤는 밤」중에서)

참고로 북간도는 두만강 연안 일대의 북쪽, 연변지역으로 만주에서 조직되었던 독립운동 단체가 활동했던 지역이다. 북간도 독립투사들을 배경으로 한 가곡「선구자(先驅者)」노래는 한때 크게 유행했었다. 기록에 의하면 19세기 말 함경도와 평안도 일대에 기근(흉작)이 심하여 조선인들이 북간도로 대거 이주했다. 이때 윤동주의 조부도 합류했다. 그 일대는 척박한 땅이었는데 생활 터전으로 일구었다.

윤동주의 시집『하늘과 바람과 별과 시』의 여러 작품도 슬프고 아름다운 서정적이며 서경적이다. 나라를 잃은 백성의 슬픔과 원한이 맺혀 어두운 역사의 갈피 속에 큰 별로 반짝인다.

이육사의 청포도(靑葡萄) 시비

이육사(李陸史, 1904~1944)의 본명은 이원록(李源綠)이고, 이육사는 대구형무소 수인 번호 '264'를 말한다. 육사(陸史)는 아호(雅號)였다. 후에 이육사로 개명했다. 경북 안동이 고향이다. 퇴계 이황의 14대손이다.

안동에는 서애 류성룡(西厓 柳成龍, 1542~1607)을 배향(配享·신주를 모심)한 병산서원과 퇴계 이황(退溪 李滉, 1501~1570) 선생이 낙향한 후 학문연구와 후진양성을 한 도산서원, 그리고 유교문화 박물관이 있는 고장이다. 유네스코 문화유산으로 선정된 도시이기도 하다. 필자의 졸저『한국의 멋과 미를 찾아서』문화재 기행 1권(p. 209~218)에 안동의 하회마을, 병산서원, 도산서원에 관하여 게재했었다. (2016.「국학자료원」)

이육사는 1925년 20대 초반에 가족이 대구로 이사한 후 형제들과 함께 의열단에 가입했다. 1927년 조선은행 대구지점 폭파 사건, 1929년 광주 학생 주도 항일 투쟁, 1930년 대구 격문(檄文) 사건 등에 연루되어 여러 번 옥고를 치렀다.

이육사의 내표 시「절정(絶頂)」, 「청포도(靑葡萄)」와「광야
(曠野)」에는 어둡고 참담한 현실과 독립을 염원하는 상징적 표
현을 담고 있다. 이육사의 시「절정」이다.

　　매운 계절의 채찍에 갈겨 / 마침내 北方으로 휩쓸려
오다.
　　하늘도 그만 지쳐 끝난 高原 /서릿발 칼 날진 그 위에
서다.
　　어데 다 무릎을 꿇어야 하나 / 한발 제겨 디딜 곳조차
없다. …
　　　　　　　(『문장지』1940,「절정(絶頂)」중에서)

이육사의 시「광야」에,

　　까마득한 날에 / 하늘이 처음 열리고 / 어데 닭 우는 소
리 들렸으랴 …
　　지금 눈 내리고 / 매화 향기(梅花 香氣) 홀로 아득하니
내 여기 가난한 노래의 씨를 뿌려라.…
　　　　　　　(『자유 신문』1945,「광야(曠野)」중에서)

「절정」에 고원은 더 갈 곳이 없다, 겨울과 매운 계절 등은 참
담한 현실과 일제의 강압을 은유했다.「광야」시의 광야는 우리

민족의 삶의 터전을 의미하고, 초인은 나라를 구할 영웅이나 큰 인물을 말하며, 매화 향기는 조국광복의 기운을 은유했다.

> 내 고장 칠월은 청포도가 익어가는 시절…
> 하늘 밑 푸른 바다가 가슴을 열고 / 흰 돛단배가 곱게 밀려서 오면
> 내가 바라는 손님은 고달픈 몸으로 / 청포(青袍)를 입고 찾아온다고 했으니
> 내 그를 맞이 이 포도를 따 먹으면 / 두 손은 흠뻑 적셔도 좋으련 …
>
> (시「청포도(青葡萄)」중에서)

여기서 이육사가 바라는 손님은 함께 구국운동을 할 독립투사를 의미한다. 그도 고달픈 몸으로 청포를 입고 찾아온다. 그런데 이 시의 종결에 '아이야, 우리 식탁엔 은쟁반에 하얀 모시 수건을 마련해 두렴'이라고 했다. 은쟁반, 하얀 모시 수건, 이런 표현은 천재적인 시적 은유법(metaphor)이라고 생각한다. 필자는 요즘도 여름방학 때 손주들이 찾아와 함께 외식이라도 할 때면「청포도」시를 읊는다. 청소년 때 암송한 것은 늙어서도 기억에 남아있다.

이육사는 의열단 등에서 항일 무장투쟁을 하며 17번 옥고를

치렀다. 1943년에 일본 관헌에 붙잡혀 중국 베이징으로 압송되었다가, 다음 해 1944년에 베이징 일본총영사관 감옥에서 40세로 작고 했다.

대한민국 정부는 1990년에 건국 훈장 애국장, 금관 문화훈장을 추서했다. 이육사 탄신 100주년인 2004년에 고향 안동시에 이육사 문학관이 건립되었다.『육사시집(陸史詩集)』이 1946년에 초판본 간행되었다. 1968년에 고향 안동에 청포도 시비가 건립되었다.

참고로 열사(烈士)는 나라를 위해 주로 맨몸으로 항거한 사람을 가리키고, 의사(義士)는 무력으로 항거하여 목숨을 바친 사람에게 국가에서 공식적으로 가리켜 일컫는다.

5. 우리 역사에 뛰어난 여성 인물들

『인물 여성사』

(박석분 · 박은봉 지음) 1994, 356쪽

『인물 여성사』는 딸이 크리스마스 선물(1996.12.12.)로 필자에게 준 선물이다. 본문에는 19세기 후반부터 최근까지 150여 년간 우리 민족은 식민지, 전쟁, 분단 등의 시련을 겪었다. 우리 역사 속에 뛰어난 여성 인물 30명의 생활 모습과 업적이 시대별로 구분되어 있다. 지면 관계로 여성 인물 중에서 필자가 임의로 몇 명을 인용했다.

첫째 왕실 여인들에는 궁녀, 명성황후, 덕혜옹주가 포함되었고, 둘째 하와이로 간 식민지 딸들, 3.1 기생들, 종군위안부, 셋째 조국 독립의 선봉에 선 여성들이다. 넷째 이념을 뛰어넘은 여성에는 김 알렉산드라, 여성 빨치산들, 전사들, 다섯째 격변기의 지식인 여성들에는 김마리아, 나혜석, 최은희, 강경애, 최승희, 김활란, 임영신, 모윤숙, 전혜린 등이다. 그리고 여섯째 현대사를 짊어진 여성들에는 이태영, 고정희 외에도 여러 명이다.

이태영 「가정법률 사무소」 1956년에 개설

현대사의 '법 앞에 남녀평등'을 외쳤던 이태영(李兌榮, 1914

~1998) 박사, 변호사의 공로는 참으로 컸다. 한국 여성을 악법으로부터 해방 시키는 일에 앞장섰다. '가정법률 사무소'는 가족법 개정 운동의 산실이며 근거지가 되었다. 1956년에 '가정법률 상담소'를 개설하여 30년간 헌신했다. '상담소에 하루 70건이 들어왔다면 50건은 이혼 사건이라고 했다. 1966년 여성 법률사무소는 사단법인으로 등록되었다.

이태영 박사의 남편 정일형(鄭一亨, 1904~1982)은 이렇듯 자기실현에 치열한 아내를 사회적으로 성장시켜 주었고, 지극한 사랑으로 배려하며 도와주었다. 정일형은 1960년 장면 내각 때 외무부 장관, 1967년에 신민당 부총재를 지냈다.

> 오늘의 한국 여성이 누릴 수 있는 온갖 권리와 혜택은
> 이태영 박사의 지대한 헌신과 노력의 공로로 가능했다.
> 1991년에 상담소에 지원하여 상담 활동을 하는 변호사
> 들은 383명이나 되었다. (p. 300)

가족법 개정은 봉건적 잔재가 생활 속에서 여성의 권리를 무제한 적으로 박탈하고 있는 상황에서 전개되어 많은 반대와 어려움에 부딪혔다. '가족법은 못 고친다'며 유림(儒林)은 국회 앞에서 시위하는 등 뿌리 깊은 남녀 차별의 벽이 가로막았다.

뿌리 깊은 남존여비(男尊女卑) 사상! 멀리 돌아볼 필요도 없

다. 이를테면 필자의 부모 세대, 남자는 부엌에 얼씬도 하지 않았고, 육아는 여자의 전유물이었다. 남자는 밥상에서, 여자는 방바닥이나 부엌에서 밥을 먹었으며, 남편은 아내에게 반말이나, 낮추어 말했고, 아내는 남편에게 존댓말을 했다. 여자는 재산상속을 받지 못했다.

이태영은 강하게 저항하였다. 오랜 투쟁 끝에 1989년에 이혼녀의 재산분할 청구권 인정. 2005년에 호주제 폐지, 부모 친권, 동성동본 결혼 금지조항을 폐지 시켰다. 친족 범위를 8촌 이내로 축소했다.

이태영 변호사의 저서로는 『가족법 개정 운동 37년사』, 『한국 이혼제도 연구』, 『차라리 민비를 변호함』 등이 있다. 오늘날의 한국 여성은 이태영 여성 운동가의 두터운 은혜를 잊지 말아야 할 것이다. 이태영 박사는 모교인 서울대에서 법학박사 학위 (1969)를 받았고, 1981년 미국 뉴저지주에 있는 드류(Drew) 대학에서 명예 법학박사 학위를 받았다. 1991년 자랑스러운 서울대인에 선정되었다.

모윤숙(毛允淑, 1909~1990) 시인

격변기의 지식인 모윤숙 시인! 방향 없는 열정의 주인공이라 했다. 필자는 국어 교과서에서 모윤숙의 「국군은 죽어서 말한다」란 수필을 배웠다. 문장이 아름다워 배울 때는 내용을 암송하기도 했다.『인물 여성사』에 1948년 1월 8일 유엔 한국 위원단 8개국 대표 60여 명이 한국에 왔을 때 김활란(金活蘭, 1899~1970) 박순천(朴順天, 1898~1983), 모윤숙 등은 손님 접대를 맡았다.

그때 조병옥(趙炳玉, 1894~1960)이 위원장 메논(Menon, UN 한국위원회 위원장 인도인) 에게 "Our Poetess Miss Mo!" 하며 모윤숙 시인을 소개했다. 메논이 영어로 인도 시인 타고르(Tagore)와 또 누구를 아느냐고 물었다. 이화여전 영문과 출신인 모 시인은 유창한 영어로 그들의 작품 무엇을 읽었다고 대화를 나누었다. 외교관 메논도 시를 좋아하였다.

모윤숙은 당시 이승만 박사가 단독정부 수립에 적격자라 믿고, 메논이 UN 총회에 가서, 우선 남한에서 UN 감시하에 단독정부를 수립하는 것이 한반도 문제를 해결하는 길이라고 역설했다. 그리고 1948년 프랑스 파리에서 열린 UN 총회에 장면, 조병옥, 김활란과 함께 모윤숙도 참석했다. 이승만을 도와 '합법정부 승인'을 받는 데 기여했다.

모윤숙의 남편은 민족사학자, 철학박사 안호상(安浩相, 1902~1999)이었다. 이승만 정부 때 초대 문교부 장관을 역임, 홍익인간(弘益人間) 이념을 구축했다. 그러나 부부간의 결혼생활은 그리 행복하지 못했고, 딸 하나를 두고 둘은 헤어졌다. 안호상은 지극히 합리적이고 이성적인 그에 비해 모윤숙은 다감하고 정열적이었다.

모윤숙의 생애에 가장 영향을 끼친 인물은 '영원한 우상 춘원 이광수'다. 직접 문학적 지도를 받았다. 이광수는 「민족 개조론」을 주장했는데, 모윤숙도 글 속에서 우리 민족성에 대하여 개탄하는 내용이 종종 보였다. 모윤숙은 친일 작품을 많이 썼다. (p. 266~270) 모윤숙은 1980년 3.1. 문화상을 받았으며, 1990년 6월 7일 사망, 금관 문화 훈장을 추서 받았다.

참고로 김활란(金活蘭, 1899~1970) 여사는 여성으로서 최초의 여성대학 졸업생이자 철학박사, 초대 이화여자대학교 총장, 공보처장, 대한적십자사 부총재를 역임했고, 대한민국장, 대한민국 일등 수교훈장이 추서되었다.

박순천(朴順天, 1898~1983) 여사는 한국 여성 정치 시대를 연 여성 정치계 제1인자다. 야당 여성 당수와 5선 국회의원이었다. 대한부인회 회장을 역임했다. 남자들이 암탉이 울면 나라가 망한다 하자, "나랏일 급한데 암탉 수탉 가리지 말고 써야지, 언제 병아리를 길러서 쓰겠느냐"고 받아넘겼다는 일화는 유명하다.

80년대 여성 문학의 기수 고정희(高靜熙, 1948~1991)

고정희는 향년 43세로 지리산 뱀사골 등반(1991.6.) 도중 부슬비가 폭우로 변하여 징검다리를 건너다가 실족하여 계곡물 급류에 휩쓸려 생명을 잃었다. 고정희는 페미니스트(Feminist)로서 80년대 여성 문학과 여성 해방 문학의 선구자이었다. 그는 독실한 기독교인으로 구원을 갈망했다. 27살 때 한국신학대학에 입학, 만학도가 되었다. 잡지사와 신문사에서 일하기도 했다. 31살에 대학을 졸업하고 잡지 『백조』 편집부에서 일하며, 시집을 연달아 발표, 유고집까지 모두 11권의 시집을 남겼다. 『여성 해방과 문학』을 내는데 중심 역할을 했다.

치맛자락 휘날리며 휘날리며 / 우리 서로 봇물을 트자
옷고름과 옷고름을 이어주며 / 우리 봇물을 트자
할머니의 노동을 어루만지고 / 어머니의 보습을 씻어주던
차랑차랑한 봇물을 이제 트자.
                    (책 『우리 봇물을 트자』 중에서)

여성 문학 혹은 여성 해방 문학이란 용어가 우리 문학사에 등장한 것은 1980년대 중반이다. 고정희는 여성문화를 만들어 내었다. 1988년 5월부터 89년 7월까지 『여성신문』의 초대 주간으

로 일했다. 고정희는 여성들 간의 단합된 힘을 위하여 자매애(Sisterhood)를 강조했다. "남자를 움직이고 세상을 변화시키고 우주의 축을 옳기는 힘, 그것은 오직 '자매애'이기 때문입니다"라고 했다.

인공지능(AI) 시대, 로켓이 우주를 날아다니는 과학 만능 시대, 4차산업혁명 시대에도 지구촌 어디에서는 여성 억압과 불평등, 그리고 사회적 지위를 인정하지 않는 곳도 있다. 이를테면 이슬람 여성의 복장(전통의상)을 보면 필자는 숨통이 막힐 것 같다.

나혜석(羅蕙錫, 1896~1948) 신여성의 왜곡된 여성 의식

나혜석은 우리나라 최초의 여류화가였다. 1927년 파리로 여행 갔다가 1929년 2년여에 걸쳐 유럽 여행을 통해 사대주의 문화에 흠씬 젖어버렸다. 여행에서 돌아와서 자유, 평등, 박애의 세상, 파리가 그립다고 절규했다.
(p. 184~194)

그녀는 현실에 뿌리내리지 못하고, 아까운 재능에도 불구하고 수덕사, 해인사 등의 불교 사찰을 전전하다가 1948년 행려병자가 되어 서울 자혜병원에서 돌보는 사람 없이 향년 52세로 숨을 거두었다. 그는 자유연애와 같은 급진적 여성해방론으로 경도되었고, 조국이 처한 현실에 대응하지 못하고 방황하다가 외로이 최후를 마쳤다.

나혜석은 "조선에 오니 길에 먼지가 뒤집어씌우는 것이 자못 불쾌하였고, 송이버섯 같은 납작한 집 속에서 울려 나오는 다듬이 소리는 처량하였고, 흰옷을 입고 시름없이 걸어가는 사람은 불쌍하다고" 했다. (p.184) 파리에서 본 그 나라 예술가들은 그에게 이상이고 꿈이었다. (생략)

나혜석은 1896년 부유한 집 딸로 태어나 수원 삼일 여학교와 진명여학교를 거쳐 1913년 동경 여자미술학교에 입학하여 서양화를 공부했다. 1921년 서울에서 처음으로 서양화 개인전을 열었다.

일제강점기 때 동경에서 조선 여자 기독교청년회 연맹을 창설한 독립운동가 김마리아(1892~1944) 등과 같이 조선인 여성 유학생들과 모임을 가졌고, 유학생 잡지인 『하기광』에 글을 쓰기도 했다. 나혜석은 춘원 이광수(春圓 李光洙)를 흠모하였고, 그의 영향을 받았다. 당시 이광수는 「민족개조론」 즉 "민족주의를 표방하였으나 사실상 조선이 일제의 식민지임을 인정하고 합리화했으며, 결국 제국주의의 문화에 대한 열등감으로 나아갔다."(p. 190)

나혜석의 자유연애와 여성해방론

1890년대 말부터 본격적으로 광범하게 여자 교육 운동이 시작되었다. 당시 전통적 여성관에 대한 부정은 신여성들의 공통된 견해였다. 나혜석은 '여자를 노예로 만들기 위하여 부덕을 장려한 시대적 조건과 상황을 간과해 버렸다고 통탄했다.

> 유학생들을 통해 유입된 신사조는 민족문화와 정서에 검토되기도 전에 사대주의 병에 걸려버렸다. 이치를 따져 말하면 남자의 성욕 충동을 완화하려고 공창제도를 둔 것같이, 여자를 위해서도 공창이 있어야 할 것이 아닌가요? 했다. 본문 192쪽에는 '1920년대에는 신여성들의 출현과 더불어 자유 연애론이 주창되었다,'고 했다.
> (p. 192)

유럽을 여행(1927~1929)한 후 나혜석의 동·서양 남녀에 대한 평이다. 유럽인은 일할 때 일하고 놀 때는 논다. 감정이 솟을 때는 불이라도 부를 듯하고, 이지(理智)가 발할 때는 얼음과 같이 차지만 우리는 날 가는 줄 모르게 늘 지루하다. 좀 이상스러운 것을 보면 욕설과 비방으로 누르고 비웃는다. 구미 여자는 행동이 분명하고 진취성이 많으며, 상식이 풍부하며 매사에 총명하다. 동양 남성은 딱딱하고 거칠다. 반대로 서양 남성은 부드럽고 친절하다. 동양 여성은 의지가 박약한 반대로 서양 여성은 의지가 강하다. 동양 남성이나 여성이 몰상식한 반대로 서양 남성이나 여성은 상식이 풍부하다.

필자가 두셋 소개한 인물은 특색 있어서 골랐음을 다시 밝힌다.『인물 여성사』를 일독하시길 추천한다. 이 책에는 여성의 인권운동을 위하여, 나라와 민족을 위하여 목숨을 바친 위대한 여성들이 사진과 함께 많이 수록돼 있다.

6. 교육개혁 운동과 민족개조론(民族改造論)

구국운동의 총지휘자 도산 안창호 선생

'민족 개조론'은 도산 안창호(島山 安昌浩, 1878~1938) 선생이 최초로 한 말이다. 안창호 선생은 일제강점기에 국내, 미국, 중국 임시정부 등을 오가며 구국운동을 총지휘한 교육개혁과 애국 계몽 운동, 그리고 독립운동가였다.

안창호 선생은 평안남도 대동강 하류 도룡섬에서 태어났다. 16세 때 평양에서 조선에 대한 종주권을 둘러싸고 청나라와 일본의 청·일 전쟁(1894.7.~1895.4.)이 일어난 것을 접했다. 이때 안창호는 '민족이 스스로 힘을 키울 수 있을 때만이 자립할 수 있다'고 믿었다. 이때 안창호는 겨레를 위해 일생을 바치겠다고 결심하고 경성으로 떠났다.

그는 16세에 경성에 와서 미국 북 장로교 선교사 언더우드(Horace G. Underwood, 1859~1916)가 운영하는 구세학당(救世學堂 · 경신학교)에 들어가 보통부를 졸업(1897)했다. 구세학당은 처음에 고아원으로 출발한 초등교육 과정이었는데, 영어와 성경 공부 등을 가르쳤다. 외교 독립운동가 김규식(金奎植, 1881~1950)도 구세학당 출신이다.

참고로 오늘날 연세대학교와 세브란스 병원의 역사는 1885

년 4월에 광혜원 개원부터이다. 언더우드 고아학당 개설 (1886.5.), 연희 전문학교 인가(1917.4.), 연희대학교와 세브란스 의과대학 통합하여 연세대학교로 출발(1957.1.)하였다. 언더우드 선교사는 오늘날 연세대학교로 발전시킨 공로자다.

안창호 선생은 1909년에 애국청년 단체인 「청년학우회」를 조직하고 민족 계몽운동 및 지도자양성에 주력했다. 국권 회복 방법론에 무장투쟁론, 외교독립론, 민족개조론으로 나뉘었을 때 안창호는 「민족개조론」을 주창했다. 비밀 결사 단체인 신민회(新民會)를 통하여 교육 계몽 강연, 문자 교육, 농촌계몽 활동을 했다.

파리 강화회담과 '민족자결주의'

1918년 1차 대전(1914~1918)이 끝나고 파리 강화회담 (1919.1.)이 열릴 예정이었다. 이때 약소 민족에게는 기대감에 독립운동 열기가 고조되었다. 파리강화 회의에 한국 민족 대표로 영어에 능숙한 김규식을 파견했다. 미국의 우드로 윌슨 (Woodrow Wilson, 1856~1924) 대통령은 '민족자결주의'를 강조했다.

안창호 선생은 1918년 11월 만주 길림에서 이승만, 김규식 등 39명이 최초로 「독립선언서」를 발표했다. 이는 1919년 2월 8일 「일본 도쿄 한인 유학생들의 독립선언서」, 1919년 「3·1 기미 독립 만세」 운동으로 이어졌다.

흥사단(興士團) 창립과 「민족 개조」

안창호 선생은 1913년 5월에 미국 샌프란시스코에서 독립운동 투사를 양성하기 위해 흥사단(興士團)을 조직했다. 해외 한인 대동단결이었다. 흥사단은 청년학우회를 기반으로 이루어졌는데 허식과 명분론을 버리고, 참되고 성실하게 실천하는 무실역행(務實力行)과 충의용감(忠義勇敢)을 목표로 삼았다. 정성을 다해 일하고, 바른 도리를 위해 용기를 가지며, 불의(不義)를 보고 물러서지 말아야 함을 목표로 삼았다. 안창호 선생은 '단체교육을 통해 자기 개조와 민족 개조가 점진적으로 이루어진다,'고 믿었다. 민족사에 대한 주인의식을 가지라고 강조했다.

수양동우회 사건(1937.6.28.)

1929년 국내외 조직을 통합하여 동우회로 개칭했다. 1931년에 일제가 만주를 침략하자 안창호 선생은 이때가 적기(適期)라고 생각하고 적극적인 반일 투쟁에 나섰다. 1937년 5월, 재경성 기독교청년회에서 …'민족을 구출하는 기독교인의 역할 운운이란 …'인쇄물을 국내 35개 지부에 발송했는데, 일본 경찰에 발각되어 183명이 체포되었고, 41명이 기소되었다. 서대문 형무소에 수감되어 고문당했고, 수양동우회는 강제 해체되었다.

안창호 선생은 1938년 3월 10일에 경성대학 부속병원(현재 서울대 병원)에서 해방을 보지 못하고 별세했다. 정부는 1962년에 건국 훈장 대한민국장을 추서하였다. 서울 강남구에 있는 도산대로와 도산공원은 그의 호를 따서 이름지었다.

이광수는 전향(轉向)을 선언했다.

수양동우회 사건의 예심(1938.11.)을 받던 중, 이광수는 전향(轉向 · 사상을 바꿈)을 선언했다. 1940년 2월 15일, 『매일신보』에 황민화 운동 지지, 2월 20일 자 『매일신보』에 「창씨개명(創氏改名)」 정책을 지지했다. 그리고 이광수는 가야마 미쓰로 · 향산광랑(香山光郎)이라고 자신의 이름을 바꾼 이유를 밝혔다. 기록에 의하면 반민족적 친일 행위는 많았다. (생략) 이광수는 언론인, 문학가, 평론가, 애국 계몽운동 등 공로가 있으나 변절한 친일파로 평가된다. 기록에 의하면 이광수는 1950년 「6.25 전쟁」 때 7월에 납북되었고, 같은 해 10월 25일에 북한 만포시에서 사망하였다.

'만인의 연인'이란 별명의 춘원 이광수!

춘원 이광수(1892~1950)는 평안북도 정주 출생이다. 필명은 장백산인(長白山人), 고주(孤舟) 외에도 여러 개 있다. 이광수는 일제강점기 때 '한국의 문호' '만인의 연인'이란 별명과 함께 청소년과 문인들의 우상이었다. 이광수는 최남선 홍명희와 더불어 조선의 3대 천재로 불리기도 했다.

> 『여성 인물사』에 있는 말이다. 이를테면 신여성 나혜석은 춘원 이광수를 흠모하였고, 그의 영향을 받았다. 또한 유명했던 모윤숙의 생애에 가장 큰 영향을 준 사람도 이광수다. 모윤숙의 첫 시집 『빛나는 지역』에 이광수가 서문을 썼고, 김활란이 발문을 썼다. 이광수의 친일 행위를 보고도 별다른 가책 없이 스승의 전철을 따랐다. (p.267)

이광수는 일제강점기 때『무정, 1917』,『소년의 비애, 1917』,『방황, 1918』등 많은 작품을 저술했다. 순 한글체로 쓴 소설, 근대문학의 역사를 개척한 인물이다. 안창호 선생의 사상에 감화받은 이광수는 민족 개조론과 실력 양성론을 주장하였고, 후일에 「흥사단」과 「수양동우회」에 참여하였다. 그러나 안창호의 개혁 사상과 민족개조론과 춘원 이광수의 민족개조론은 사상과

내용이 다르다. (「민족개조론」, 1922. 『개벽』 5월호 발표) (생략)
이광수는 조선 민족의 쇠퇴 원인을 3가지 요인으로 보았다. 민중이 나태하여 실행할 정신이 없고, 비겁하여 감행할 용기가 없으며, 신의와 사회성 결핍으로 동지의 견고한 단일을 얻어내지 못하는 데 기인한다고 했다. 그래서 개조해야 한다고 했다.

『인물 여성사』 190쪽에 이광수는 "민족주의를 표방했으나 사실상 조선이 일제의 식민지임을 인정하고 합리화했으며, 결국 제국주의 문화에 대한 열등감으로 나아갔다"고 지적했다. 재언하면 이광수는 일제의 지배를 수용하는 전제에서 민족개량주의 논리를 폈다. 이점이 다르다고 했다.

국회의원 총선거(2024.4.10.)를 목전에 두고

우리나라 국회의원 총선거를 목전에 두고, 정당 사이에 서로 헐뜯고 비방하는 표현들이 난무하고 있다. 우리나라 젊은 세대는 뭘 보고 배울까? 생각하다가 「민족개조론」이란 말이 뇌리를 스쳤다. 예부터 인물을 평가하는 4가지 기준이 신언서판(身言書判)이다. 겉으로 드러난 풍채와 말씨, 문필, 판단력 등이다.

누군가 '요즘 민주당 당대표의 정신이 우리나라 전 국민의 시대정신이라,'고 했다. 이 말에 '가히 국민성 개조가 벌어질 판이다'라고 했다. 시대정신을 따르면 말 바꾸기와 거짓말쯤은 아무것도 아니게 된다, 고 지적했다. (생략) 그러면서 "하면 된다"는 온 국민의 자신감과 자립심을 자극해 가난을 떨쳐내고 대한민국 근대화를 이끈, 고 박정희 대통령의 시대정신을 일깨워 주었다. 유신독재(維新獨裁)라는 역사적 과오는 용납할 수 없지만, 박정희 대통령의 '하면 된다.'는 신념이 당대의 시대정신이었다고 역설했다.

(『동아일보』 2024.3.14.)

저출산율이 국가의 존망(存亡)을 좌우할 정도라니…

요즘 우리나라는 '젊은 세대가 가장 우울한 나라, 자살률 이혼율이 세계에서 가장 높은 나라, 신생아 출생률(2024 기준 0.65)이 세계에서 두세 번째로 낮아 인구절벽 걱정을 많이 하는 나라'가 되었다. 저출산율이 국가의 존망(存亡)을 좌우할 정도라고 연일 신문에 게재되고 있다.

1970년 한 해에 100만 명 태어났는데, 2002년에 50만 명, 2022년에 25만 명이 태어났다는 통계를 읽었다. 안타까운 심정으로 사족(蛇足)을 달아본다. 필자가 자랐던 보릿고개 시대보다는 비교할 수 없을 정도로 경제적으로 부유해졌다. 필자의 초등학교와 중학교 시절에는 학교에 도시락을 가지고 가지 못하여 점심시간에 굶는 학생들이 있었다. 시골 마을 강변 언덕엔 영양실조로 퉁퉁 부어오른, 또는 누렇게 말라서 기진맥진해 누워 있는 사람들이 있었다. 요즘 우리 국민이 배출하는 음식쓰레기는 하루에 2만 톤(t)이나 된다.

(2022.1.16. 『중앙일보』)

요즘 필자가 사는 아파트단지 내에서 호화롭게 치장한 애완견과 함께 30대쯤 되어 보이는 부부가 함께 거니는 모습을 자주 본다. 때로는 애완견을 화려하게 장식한 유모차에 태우고, 밀고 가는 모습을 본다. 그럴 때마다 필자는 '개인의 취미와 즐기는 방법은 각양각색이지만 젊음과 경제적 여유가 있으니 저 시간에 귀여운 자녀를 키운다면 얼마나 좋을까' 하는 생각을 한다.

'행복과 불행의 표본' (2021.10.31. SNS)'에 출산율은 세계에서 최저인데, 반려동물 기르는 숫자는 세계 최고치, 청년 실업자, 자살률, 미혼 기혼 낙태율, 미혼모, 해외 입양아 숫자, 나 홀로 세대 주, 국회의원 중 전과자 많은 수치는 세계 최고치라고 했다. 나라의 존망을 좌우한다는 세계 최저 출산율 문제는 우리 국민의 의식에 변화와 애국심이 있어야 한다고 생각한다. 「민족개조론」을 생각하다가 내용이 빗나갔다.

우리나라엔 의견이 다를수록 서로 존중하는 대화 문화가 없었다!

김형석 노철학자는 『동아일보』 논설(2024.5.17.)에 "우리 역사에는 긍정과 대화, 협치와 창조가 보이지 않는다"고 했다. 조선왕조를 기울게 한 '흑백논리'와 '보복의 악순환'을 강조했다. 100여 년이 지난 지금까지도 병폐를 극복하지 못했다. 또 한 가지는 항거와 투쟁이 생존과 애국심의 기본이 된, 반항 의식이 정의라는 역사 속에서 살아온 불행한 유산이라고 토로했다.

7. 사랑이 있는 고생이 행복이었다!

『백 년을 살아보니』

(김형석) 2016, 300쪽

　김형석 교수의 『백 년을 살아보니』를 정독했다. 필자는 젊었을 때도 그의 저서를 여러 권 읽었다. 『백 년을 살아보니』 158쪽에 있는 말 "사랑이 있는 고생이 행복이었다는 사실을 깨닫는 데 90이 넘는 세월이 걸렸다."란 말과 '인간애(人間愛)는 사랑의 무거운 짐을 담당하는 과정을 통해 이루어지는 것이다.' 서양철학에 고행도 지내놓고 보면 즐겁다. (Past labour is pleasant)란 말과 일맥상통할까. "다시 한번 교단에 설 수 있다면 정성껏 제자들을 위하고 사랑해 주고 싶다."란 말이 긴 여운을 남긴다.

황혼의 부부가 이혼하는 가정

　자녀들을 진심으로 위해주는 부부는 그 자녀들에 대한 의무와 책임 때문에 남편과 아내의 도리를 저버릴 수 없는 것이 인생이다. 황혼기의 이혼은 가정적 불행이기도 하나 개인의 인생도 실패했다고 보아 잘못이 아닐 것이다. 황혼의 부부가 이혼하는 가정을 보면 성장할 때부터 이웃과 사회에 대한 기여나 봉사가 어떤 것인지 경험해 보지 못한 가정에서 자란 사람들이다.

딸이 많은 집에서 자란 독자는 부모의 사랑을 독차지한 셈이다. 위해줌을 받기만 했지 자기가 도움을 주는 생활이 빈곤했다. 그런 사람들은 정신적으로 이기적인 사람들이다.

부부(夫婦)는 나이 들수록 부부싸움을 많이 한다.

대부분의 부부는 나이 들수록 부부싸움을 많이 한다. 어떤 부부는 아침부터 저녁까지 싸우는 것이 일과가 된다. 그런 싸움도 사랑의 표현 방법인 것 같다. 70 중반쯤 되면 자녀들 앞에서도 승부를 가리곤 한다. 아들과 딸들은 "우리 아버지와 어머니는 싸우는 재미로 사는데, 한 분이 먼저 가시면 무슨 낙으로 사실지 모르겠다,"는 걱정이었다.

우리 집 그이와 필자도 별 내용도 아닌데 오가는 말투가 거칠 때가 종종 있다. 필자가 센스가 둔하다고, 귀가 어두우며, 같이 사는 데 어려움이 많다고…, 주로 남편이 자식들 앞에서 필자에게 무안을 주면, 장녀는 아빠께 좋게 말씀하시란 뜻으로 'Be nice!', 한다. 올해 필자는 결혼한 지 예순 돌이 되는 회혼(回婚)을 맞이했다. (웃음)

인생의 황금기는 60세~75세

노철학자는 인생의 황금기를 60세~75세라고 하였다. 인생을 50전에 평가해선 안 된다. 삶의 조각품은 50~80세에 완성된다. 젊은이에게 성실한 노력과 도전을 포기한다면, 40대라도 공부하지 않고 일을 포기하면 녹스는 기계와같이 노쇠(老衰)한다. 사람은 성장하는 동안은 늙지 않는다. 노력만 한다면 75세까지는 성장이 가능하다고 생각한다. 가장 불행한 사람은 노후에 일이 없는 사람이다. 한 가지 일을 70대 80대까지 하는 사람은 축복받은 사람이다. 정신적 성장과 인간적 성숙은 한계가 없다.

우리 민족성 가운데 고쳐야 할 단점, 흑백논리

우리 민족성 가운데 시급하게 고쳐야 할 단점은 절대주의적 사고방식을 뒷받침하는 흑백논리이다. 흑백논리로 싸우는 동안에 인간과 사회는 버림받거나 병들게 되었다. 조선왕조 500년 동안 정신적인 지주가 되어온 유학(儒學), 유학 중에도 주자학(朱子學) 같은 형식논리를 추구하는 동안 흑백논리가 민족적 전통을 만들었다고 했다.

마르크스주의자들은 절대 유일, 흑백론이다. 북한이 아직도 그 사고방식과 가치관 지니고 있다. 남과 북으로 갈리어 흑백논리와 절대주의적 사고를 안고 있다면 치유해야 할 민족적 병폐라고 했다.

죽음에 대한 명상

장기간에 걸쳐 엄청난 고통을 치르고 세상을 떠나는 것을 볼 때면 '전생에 무슨 죄를 지었기에….' 하는 생각이 든다. 생명에 대한 지나친 욕심 때문에 죽음에 대한 공포와 불안을 느끼며 절망에 빠져 불행과 고통을 스스로 만들어 간다. 죽음이 내 삶 속에 둥지를 틀고 있을 뿐 아니라 손님이 나를 찾아 마중 나오듯이 다가오고 있다. 그 시간의 공백은 빠르게 축소되고 있다. 인생의 나이는 누가 오래 살았는가를 묻기보다는 무엇을 남겼는가를 묻는 것이 역사이다.

노철학자는 독일 출신 프랑스의 의사 슈바이처(Albert Schweitzer) 박사의 업적을 소개했다. 슈바이처는 교수였고 전통이 있는 교회의 목사였으며 파이프오르간 연주자요 제작 전문가였다. 그는 노벨평화상(1952) 상금으로 병동을 신축하여 90세까지 아프리카에서 의료 봉사했다. 슈바이처는 생명에 대한 경외심을 강조했다. 죽기를 거부해서는 안 된다. 더 많은 생명과 인간다운 삶을 위해 희생의 제물이 되는 것이, 인생의 순리이고, 신의 섭리이다. 늙음은 말없이 찾아온다.

학문과 종교의 궁극 목적

김형석 교수는 신앙에 몰입하게 되면 인간은 종교의 예속물

인양 착각하기도 한다. 종교를 위한 인간이 아니고, 인간을 위한 종교이다. 그것이 학문과 신앙의 궁극 목표이다. '삼위일체의 신앙을 믿느냐'는 질문에 나는 성경에서 그런 말이나 개념을 발견한 적이 없다. 그것은 교리의 문제다. 예수의 삶의 목표와 목적은 인간에 대한 희생적 사랑이었다. 끝으로 떠나야 한다면 하늘, 산, 호수, 바다도 보이는 「요양병원」으로 갔으면 좋겠다고 했다. 『백 년을 살아보니』에는 삶의 경험과 지혜로 가득하다.

노철학자의 기도문 중에 "다만 어젯밤 잠자리에 들 듯 그렇게 가고 보내는 이별이 되게 하소서. 아울러 사랑하는 가족들이 슬픔과 외로움을 잊고 이 세상의 삶을 더욱 알고 깨달아 굳건히 살아가는 지혜와 용기를 갖게 하여 주소서"라고 했다. (카톡 중에서)

「부모님이 생각나서…」
가슴이 따스해지는 대접을 받았다!

필자와 우리 집 그이는 지금 80대 중반이다. 올해(2024) 2월 초 주말 저녁에 걸어서 5분쯤 걸리는 여의도의 한 복집에서 저녁을 먹기로 했다. 밤바람은 차가웠다. 항상 손님이 몇 명 밖에서 기다리는 유명한 집이다. 빈자리가 없어서 밖에서 기다릴 판인데 문간 테이블 6명 앉을 수 있는데 50대쯤 되어 보이는 남자한 분이 앉아 있었다. 안내원이 밖이 추우니 우리 부부가 함께 앉으라고 했다. 동행이 아니라, 고맙다며 마주 앉았다. 우리가 앉으니 맞은 편에서 일어나 편히 앉으시라고 인사했다.

'복지리'를 시켜놓고 기다리는데, 맞은편 손님은 '복매운탕' 요리가 나왔는데 먼저 어르신네 드리라며 사양하였다. 남편은 우리는 다른 요리를 시켰다며 잡수시라고 했다. '복지리'도 나와서 먹고 있는데 자기 밑반찬도 손 데지 않았으니 잡수시랬다. 그러다가 그분이 먼저 식사 후 공손히 인사하고 갔다. 우리는 참 예의 바른 젊은이라고 이구동성으로 말했다.

한 5분 지났을까, 요금 계산하는 안내원이 와서 "어르신네 계산은 아까 그분이 이미 했다"고 했다. 그분이 '부모님 생각이 나서' 하며, 자기가 간 후에 말씀드리라고 하여 이제 전한다고 했다. 지금은 가격이 좀 올랐지만, 그 당시는 1인당 '복지리' 요리가 2만 5천 원(5만 원)을 내고 간 것이다.

우리가 그분을 아느냐고 물으니, 계산원은 모른다며 가끔 오는 손님이라고만 했다. 참으로 가슴 따뜻해지는 대접을 받았다. 만날 수만 있다면, 다음에는 우리가 그 젊은이의 음식값을 내고 싶은데 만날 수가 없다. '부모님 생각이 난다'란 말이 가슴에 오래도록 울림으로 맴돈다. 필자의 2남 1녀도 나이가 모두 50대이다. 우린 이런 가슴 따스한 대접을 받았다며 자식들에게 있었던 에피소드를 들려주었다. 인정과 사랑은 또 다른 큰 원을 그리며 사회에 번진다.

  십여 년 전쯤인 것 같다. 필자의 큰아들이 겨울밤 도로변에서 호떡을 파는 이동식 마차 가게에 갔다. 나이가 60대쯤 되어 보이는 아저씨가 추위에 손이 빨갛게 변하여 호떡을 힘겹게 뒤집더라며 안타깝고 불쌍하더라고 했다. 호떡 2개 사고, 5만 원짜리 지폐가 마침 지갑에 있어서 얼른 아저씨의 주머니에 넣고 그 자리에서 재빨리 귀가했다고 했다. 필자가 그 이야기를 듣고 흐뭇했던 기억이 있다.

4부

삶의 좌판(坐板)과 생각의 정리

삶의 좌판(坐板)과 생각의 정리

　노인들이 오래되고 필요 없는 가구나 옷들을 버리고 정리한 다는 것은 젊은이들이 생각하기보다 어렵다. 정이 들었고, 버리 기가 아까워서이다. 언젠가는 필요할 것 같아서이다. 근데 「잡 동사니 끼고 사는 사람들 심리」란 글이 『동아일보』(2024.2.3.) 에 게재되었다. '잡동사니를 끼고 사는 사람들'을 30년 이상 연 구한 랜디 프로스트(Randy O. Frost) 미국 스미스대 심리학과 교수는 이를 '저장 강박'으로 설명했다.

　프로스트 심리학 교수는 이런 사람들은 절대로 낭비하지 않 는다. 완벽주의 성향 사람들은 물건 버리면 불안과 죄책감 느껴 '아직 멀쩡한데'라는 말을 입에 달고 산다고 했다. (웃음) 또한 추억이 사라질지 몰라서, 사소한 물건을 처리할 때도 자신의 일 부가 사라지는 것처럼 느낀다. 물건에 위안을 느낀다. 외로움을 많이 탄다. 연구팀이 조사한 성인 1,080여 명 가운데 77.7%가 외로움을 느껴서라고 했다. 젊은 층보다 노인 중에 많다고 했다.

　'죽어도 못 버리는 사람들은 이렇게 생각한다'란 신문 기사를 읽고 새벽 5시경에 홀로 웃었다. 지저분한 필자의 생활 모습, 고

무릎 널어지고 헤어져 구멍이 나도 못 버리는 오래된 옷들, 양 말은 말할 것도 없고, 심지어는 겉옷까지 기워 입는다. 그 정도 돈이 없는 것도 아니다. 다만 못 버리는 심리와 가난했던 보릿 고개 시대의 생활 습성 때문이다.

80대 부모의 생활을 지켜보다가 오죽 답답했으면 3년 전에 필자의 하나뿐인 딸이 손녀 손자까지 데리고 와서 할아버지 할 머니 설득한 후, 구세군 트럭 2대 불러 오래된 가구 살림살이, 옷 등을 가져가게 했을까? 그렇게 정리해 주고 나니 어찌나 기 분과 생활이 가뜬하고 생활공간이 경쾌하든지! 그런 후 이삼 년 이 지났다. 또 구석구석에 필요 없는 물건들이 쌓였다.

1. 인생의 마지막 설계

『상속설계』

(최재천. 2018. 235쪽)

우리집 그이의 서재 책상 위에 『상속설계』란 책이 놓여 있었다. 부제로 '인생의 마지막 설계'라고 돼 있다. 제목부터가 정신을 가다듬게 한다. 2022년 우리 국민의 기대수명은 83.5세로 OECD 평균 80.3세보다 높다.

'노인대국' 일본의 간병 대란 이란 글이 『동아일보』에 (2023.11.13.) 실렸다. 일본 NHK가 '간병 살인'에 대한 다큐멘터리를 책으로 묶은 『엄마가 죽었으면 좋겠다』가 2017년 출간됐다. 내용에 거동이 불편한 경우 한 달에 간병비가 400만~500만 원까지 든다. 75세 이상 고령 인구가 급증하고 있다. 우리나라도 2024년에 노년 인구가 1,000만 명을 돌파한다. 일본은 20여 년 전에 간병 보험제도를 도입했다. 우리는 늦어도 한참 늦었다고 했다.

『상속설계』에는 유언장의 작성 종류와 예문과 효력에 대하여 자세하게 설명돼 있다. 우선 유언 방식에는 5가지가 있다. 자필증서에 의한 유언, 녹음에 의한 유언, 공정증서에 의한 유언,

비밀증서에 의한 유언, 그리고 질병 기타 급박한 사유로 4가지 방식에 의할 수 없을 때, 구수(口授: 구두로 된 유언, 서면이 아닌, 말로 한 유언을 받아 적음) 증서에 의한 유언법이 있다.

참고로 '법적상속' 순위와 분할 그리고 상속 재산보다 빚이 더 많을 때 어떻게 처리하는지도 기록돼 있다. 우리나라 법에는, 일단 상속을 받고 난 다음에 '한정승인'을 신청하도록 정해놓았다. 다만 상속 재산의 한도 내에서만 아버지의 채무를 한정적으로 변제(빚을 갚음) 책임이 있게 된다. 상속 승인이나 포기는 상속 개시일로부터 3개월 이내에 행사해야 한다.

상속설계의 시작은 재산 등 권리관계에 대한 정리와 소장 물품에 대한 정리가 필요한데 그 정리는 쉽지 않다. 손때 묻은 애장품, 가문의 역사와 대대로 계승되어 온 역사적 기념품 등은 값으로 따질 수 없지만 요즘 젊은이들은 공간만 차지하고 생활에 쓸모없다고 소장하길 싫어한다.

이 책의 저자는 재미있는 내용을 많이 인용하였다. 영미권 베스트셀러 책 『내가 원하는 삶을 살았더라면』에 '죽을 때 가장 후회하는 5가지'는 첫째, 다른 사람이 아닌, 내가 원하는 삶을 살았더라면. 둘째, 내가 그렇게 열심히 일하지 않았더라면. 셋째, 내 감정을 표현할 용기가 있었더라면. 넷째, 친구들과 계속 연락하고 지냈더라면. 다섯째, 나 자신에게 더 많은 행복을 허락했더라면 이라고 했다.

죽을 때 동·서양인을 막론하고 가장 후회하는 5가지는 사랑하는 사람에게 고맙다는 말을 많이 했더라면, 진짜 하고 싶은 말을 했더라면, 조금만 더 겸손했더라면, 친절을 베풀었다면, 그리고 나쁜 짓을 하지 않았더라면 순이다.

우리의 삶을, 돌아보면 톨스토이(Tolstoy)가 말한 것같이 죽음에는 연습이 없기에 여기까지 온 것 같은 느낌이 들 때도 있었다. 그토록 삶은 때로는 어렵기도 했고 고달프기도 했었다. 거기에 더하여 요즘 노인들은 디지털 혁신 생활환경에 적응하지 못하여 바보가 된 기분이다.

디지털 원주민(Digital Natives)과 이주민(Digital Immigrants)

좀 엉뚱한 내용이지만 현실이라 사족을 달아본다. 디지털 시대의 고독하고 아픈 고령의 노인 그룹! 일상생활에서의 어려움과 불편함을 어디 하소연할 곳이 없다. 그러다가 오늘『조선일보』에 아픈 상처를 곱게 감싸주는 듯한 내용을 읽고 참으로 고마운 마음으로 몇 문장을 인용했다.

"다수가 온라인 뱅킹 한다고? 키오스크, 현금 없는 버스, 무인 주차장, 추석 기차 예매, 구겨진 자존감과 열등감…선진국은 디지털 속도 조절 중, 우리가 가장 심하다!" "자동화 프로그램에 과부하를 초래하거나 문제를 일으키는 일종의 버그 같은 느낌으로 존재하고 있었다." …노인 세대의 디지털 지체가 엄존하는 현실 앞에서…. '스마트 문명의 종착지가 유토피아일지, 디스토피아일지는 아무도 모르지 않는가'라며 노인들의 현실 상황을 직시하길 바란다고 한 칼럼을 읽었다. (『조선일보』2023.9.18. 전상인, 서울대 사회학 명예교수) 대부분 사용할 수 있는 시스템이 자동화되어 있어서 노인들은 병신 아닌 병신이 되어버렸다. 서툴고 어둔하여 아예 시도도 하지 않고 포기하게 된다. 늙어가는 과정도 서럽고, 우울한데….

이색적인 상속 유언, 독자님 읽고 한 번 크게 웃어보세요!

윌리엄 셰익스피어는 "두 번째로 좋은 침대를 아내 앤 해서웨이에게 준다."(1616년 임종을 앞두고)

"딸아, '문란한' 네 남편과 헤어지는 것을 조건으로 내 전 재산을 네게 상속한다." (1937년 프랭크 미스)

"강아지 빙고에게는 60만 달러를, 남편에게는 1달러를 남긴다." (1950년 에이미 백맨)

"부인에게 1파딩 (당시 4분의 1페니)만 주겠다. 언젠가 내가 유리를 깨뜨렸을 때 '썩어빠진 늙은 돼지'라고 욕했기 때문에…."(1888년 앨버트 오튼)

내 반려견 트러블에게 1천2백만 달러를, 남동생과 손자 2명에게는 각각 1천만 달러씩을 유산으로 남겼다. 요즘 말로 사람보다 개가 먼저였다. 나중에 또 다른 손자가 나타나 상속 분쟁이 일어나는 바람에 최종적으로 트러블이 받은 유산은 17억여 원이었다.

> 미국 변호사협회의 자료에 따르면, 미국 내 반려동물 소유자의 4분의 1 정도가 동물들에게 유산을 남기는 것으로 추산된다. 결국은 법적인 문제다. 상속능력은 자연인만 가능하다. 법적으로 자연인은 사람을 말한다. 법인, 동물, 식물은 인격이 없기에 상속능력이 인정되지 않는다. 그래서 애완동물을 돌봐주는 조건으로 가족 이외의 제삼자에게 유산을 남기는 방법(신탁계약)이 있다. (p. 179)

자녀들의 삶 속에 부모의 명예와 정신 계승

이 책의 저자는 교육과 상속을 이야기하면 유대인이 떠오른다고 했다. 유형자산보다는 무형의 지식재산을 선호한다. 재산

상속이 전부는 아니다. 상속받는 자녀들의 삶 속에서 부모의 명예와 정신은 계승될 수 있을 것이다. 자녀를 양육하고, 교육하고 훈육해 왔다. 부모는 자식들의 거울이란 말이 있다. 말과 글을 통하여 부모의 경험과 지혜를 남기는 일도 인문학적인 차원의 상속이다. 지혜와 경험들이 모여 가족사를 구성했을 것이다.

> '최고의 유산' 상속받기에 "최선을 다해 사는 것이야
> 말로 인생 최고의 유산이다." (p. 59)

솔로몬 왕은 왕위 계승자인 아들(르호보암)이 탐욕스럽고, 오만하며, 어리석었기에 "보화보다 지혜를 물려주어라"고 결론지었다. 솔로몬 왕이 죽자, 이스라엘은 유다와 이스라엘 10 지파로 분리된다. 열 지파는 유다의 작은 나라 아시리아에 멸망했다.

칭기즈 칸에 이어 중국을 제패한 손자 쿠빌라이 칸(Khubilai Khan)이 한 말이다. "우리 할아버지 칭기즈 칸께서는 벽돌집에서 농경민족과 어울려 정착해 살면 그때가 곧 할아버지께서 세우신 몽골제국이 망하는 날이라"고 하셨다.

"세상은 넓고, 사람은 많고, 기술은 끝없이 바뀐다. 아무리 난관에 부딪혀도 반드시 방법이 있음을 믿고, 아무리 하찮은 적이라도 우리와 다른 기술을 가지고 있을지도 모른다는 점을 한시

도 잊지 말라. 내가 최고라고 자만하지 말라. 옆을 보고, 앞을 보고, 뒤를 보아라. 산을 넘고, 강을 건너고, 바다를 건너라. 상대가 강하면 너희를 바꾸고, 너희가 강하면 상대를 바꾸어라."

최근 『조선일보』(2024.5.17.) 이동규 칼럼에 "정치인은 측근이 원수고, 재벌은 자식이 원수라고 했다. 그래서인지 삼성 이병철 회장은 세상에서 가장 어려운 두 가지는 골프와 자식 교육"이라 했다. 결론은 세금도 없는 정신과 지혜를 상속하라고 했다.

「유언장」에 대한 오해 (p. 79~95)

자식이 먼저 부모님께 유언장이라도 남겨달라 이야기하면 내가 빨리 죽기를 바라는 거 아니야? 이 자식이 상속 재산에만 눈 먼 것 아니야? 하고 오해하는 경우도 있을 수 있다. 이에 대한 답으로 일본 작가 아야코(浦知壽子)의 조언이 적절할 것 같다. "유언장을 쓴다고 금방 죽는 것도 아니다. 오래 살며 몇 통씩 다시 고쳐 써도 되고, 언제든 편안하게 쓸 수 있을 정도의 여유가 필요하다고 생각한다." 유언자는 언제든지 유언의 전부나 일부를 철회할 수 있다. (민법 제 1108조 제1항) 사람들이 죽음을 수용하고 죽음을 제대로 바라볼 때 삶에 더 충실할 수 있다고 했다.

상속설계에 「유류분 제도」에 피상속인의 자유와 상속인의 기대를 절충시킨 제도다. 너무 쥐고 있어도 안 되고, 너무 풀어도 안 되며, 미리 완전히 줘 버려도 안 된다. 자녀의 형편이 어려운데도 사후 상속만을 고집하는 것 또한 위험하다. 상속은 본질적으로 가족 간의 문제다. 조화와 양보가 필요하다.

상속순위

상속인이 한 명 이상일 때는 누구에게나 평등해야 한다. 1순위는 피상속인의 직계비속이다. 죽은 사람의 아들, 딸, 손자, 손녀다. 촌수가 가까울수록 직계비속이다. 2순위는 직계존속이다. 아버지, 할아버지 등. 3순위는 '형제자매'다. 4순위는 4촌 이내 방계혈족이다. 배우자(남편 혹은 부인)가 아들, 딸과 공동으로 상속하는 때는 아들, 딸 상속분에 5할(50%)을 더해 준다. 입양자도 친생자와 법적으로는 전혀 차이가 없다. 입양을 깬 경우, 이혼하면, 상속인의 지위가 인정되지 않는다. 마찬가지로, 새로운 아버지와 어머니의 자식들 간에는 상속인의 지위가 인정되지 않는다.

죽음을 전문적으로 연구하는 「싸나톨로지 (Thanatology)」

죽음 교육 및 상담전문가를 '싸나톨로지스트'라고 한다. 우리

나라에도 2005년에 조직되었다. 미국에선 죽음학이 1963년경 미네소타 대학의 정식 교과목으로 채택되었고, 일본 조치대학에서 1975년에 죽음 교육과정이 개설되었으며, 도쿄대학은 2000년에 '사생학(死生學) 연구소'를 설립했다.

미국의 스티브 잡스(1955~2011), 전 애플 CEO, 공동창립자가 2005년 미국 캘리포니아 스탠퍼드 대학 졸업식에서 한 연설 중에 " …죽음은 여전히 우리 모두의 숙명입니다. 아무도 피할 수 없지요. …죽음은 삶을 대신해 변화를 만듭니다. 죽음은 낡은 것을 깨끗이 쓸어버려 새로운 것이 들어서게 길을 터줍니다." 또한 "죽음을 생각하는 것은 무언가를 잃을지도 모른다는 두려움의 덫에서 벗어나는 최고의 방책입니다." 과학자가 이렇게 명확하게 죽음의 철학을 깊이 있게 통찰했을까 놀랍다.

한국에도 '사전 연명치료 의향서'를 받는 제도가 생겼다. 필자는 몇 년 전에 연명치료를 서약하는 등록증을 받았다. 우리 법 (2017.2.4. 시행)이 허용하는 부분은 연명 의료의 포기나 중지다. 안락사는 현행법상 허용되지 않는다. 더는 회생 가능성이 없을 때, 의학적으로 무의미한 연명 의료를 중지할 수 있도록 하는 법이다.

우리나라에 안락사(존엄사, mercy killing, assisted suicide) 연명 의료 결정법이 국회에서 발의되었다. 국회에서 찬성 1,000명 중 785명이 '조력 존엄사 도입'을 찬성(2023.8.16.) 했으며, 법이 통과(2024.2.13.)되었다. 톨스토이는 "사람들은 겨우살이는 준비하면서도 죽음은 준비하지 않는다"고 했다.

끝으로 이 책의 뒤 표지에 있는 상속설계 십계명이다. 인생의 마지막 설계는 상속설계, 지금 당장 시작하라. 상속은 가문의 전통, 명예, 정신, 자산을 이어가는 것이다. 회고록을 기록하라. 유언장은 백번이고 고쳐 쓸 수 있다.

2. 불확실하고 끝은 보이지 않는 더 큰 도전…

─ 허준이 교수 축사 중에서

서울대 제76회 후기학위 수여식(2022.8.29.)이 서울대 체육관에서 열렸다. 만손녀가 서울대 후기졸업을 했다. 지난 3년 동안 '코로나 팬데믹(Corona Pandemic)'으로 '거리 두기'를 철칙으로 지켰다. 참고로 코로나는 세계보건기구(WHO)가 선포한 세계적인 감염병, 최고의 경고였다. 세계보건기구는 코로나가 좀 누그러지자, 단계별로 조금씩 해제했다. 그러다가 이번에 학위 수여식에서 수백 명이 서울대 대강당 체육관에 관악단의 연주에 맞추어 입장하였다. 오늘 서울대 졸업식엔 지난 3년간 비대면 졸업을 한 500여 명이 함께 참석한 것이다. 이날은 기온 20도, 부슬비 오는 쌀쌀한 날씨였다.

미국 프린스턴대 허준이(許埈珥, 1983~) 교수는 지난달(2022.7.)에 핀란드에서 열린 국제수학자 대회에서 한국 최초로 수학계 노벨상인 필즈상(Fields Medal)을 받았다. 참고로 노벨상에 수학 분야가 없어서 국제수학자 연맹(IMU)이 4년마다 주최하는 세계 수학자 대회에서 만 40세 미만(수상 당시)의 수학자에게 수여되는 최고 권위의 상이다. 허준이 교수는 오늘 '자랑스러운 서울대생 상'을 받았다. 허 교수는 2007년 서울대 학사·석사과정을 마쳤다. 오늘 그의 모교 후배 졸업식 축사 중에서 인용한다.

　"우리가 80년을 건강하게 산다고 가정하면 약 3만 일을 사는 셈인데, 자신은 그 절반을 지났고, 오늘 졸업생은 약 3분의 일을 보냈다. 자신은 대학 생활이 부끄러워 이 자리에 오지 못했다. 길 잃음의 연속이었다. …똑똑하고 건강하고 성실한 주위 친구를 보면서 나 같은 사람은 뭘하며 살아야 하나 고민했다."

　"…지금 여러분은 더 큰 도전, 불확실하고, 불투명하고, 끝은 보이지 않는 매일의 반복을 앞에 두고 있다. 생각보다 힘들 수도, 생각만큼 힘들 수도 있다. 실패를 두려워 말고 도전하라. 평안하고 안전한 길을 거부하라. 타협하지 말고 자신의 진짜 꿈을 좇아라. 모두 좋은 조언이고 유용한 말이다. 그러나 개인의 입장은 다를 수 있다."

　"누구보다도 자신이 자신에게 모질게 굴 수 있으니 마음 단단히 먹어라." 취업, 창업, 결혼, 육아, 교육, 승진, 은퇴, 노후 준비… 등에 정신 팔리지 않기를. 무례와 혐오와 경쟁과 분열과 비교와 나태와 허무의 달콤함에 길들지 마시길, 의미와 무의미, 온갖 폭력을 이겨내고 하루하루를 온전히 경험하시길, 그 끝에서 오래 기다리고 있는 낯선 나를 반갑게 맞이하시길 바란다. 졸업생 여러

분, 오래 준비한 완성을 축하하고 오늘의 새로운 시작을
축하합니다. (허준이)

필자의 맏손녀는 서울대 자유전공학부생으로 컴퓨터공학을 전
공했는데, 오늘 총동창회 회장상을 받았다. 현재 손녀는 미국 스
탠퍼드 대학원에서 컴퓨터공학에서 공부하고 있다. 졸업식 참가
를 위해 며칠간 귀국했다. 손녀의 수상소감 중에서 몇 줄 옮겼다.

"그간 나 자신을 가장 많이 변화시켰고, 또 고민하게
했던 '자유'에 대해 이야기해 보려고 합니다. 자유전공학
부를 택했을 때 입학하기 전에 '자유'란 단어는 마냥 편
하고 해방감이 느껴지는 단어였습니다. 하지만 입학 후
에는 '자유'라는 단어 뒤에 숨겨진 무게를 체감했습니다.
자유는 거의 모든 선택지가 열려있다는 뜻도 되지만, 선
택한 후에는 그 책임도 온전히 저의 것이라는 뜻으로 다
가왔습니다.
…저 자신이 정말 싫어하는 단어 중 하나가 '후회'이었
습니다. 후회는 자유와 떼어놓을 수 없는 단어 같았습니
다. 후회에 대한 두려움 때문에 어떤 선택을 내릴 때 정말
많은 스트레스를 받고 고심하였습니다. 제가 대학원 진학
을 앞두고 큰 선택의 갈림길에서 고민하고 있을 때 한 자
유전공학부 교수님께서 제게 해주신 말씀이 기억에 남아

서 이를 여러분들께도 들려드리고, 마치려고 합니다.

"어떤 선택을 내리든, 그걸 좋은 선택으로 만드는 것은 그 후에 어떻게 사는지에 달려있다. 그러니, 선택을 신중히 하는 것도 중요하지만, 그 선택을 좋은 선택으로 만드는 힘은 그 선택지 자체에 있는 것이 아니라 너에게 있음을 잊지 않았으면 좋겠다,"고 하셨습니다. (생략)

서울대 자유전공 15년…36%가 경영·경제학… (『조선일보』 2024.2.13.)

취업·대학원 진학에 유리한 곳이 인기 있고, 컴퓨터공학은 8.6% 3위라고 했다. 인공지능(AI)을 연구하는 컴퓨터공학 전공, 지식 콘텐츠의 원천이 되는 인문학 전공은 각각 8%대에 그쳤다. '컴퓨터공학이 유행이라고 하지만, 공과대학 전공은 공부가 힘들어 중도 포기하는 학생이 많을 것'이라고 말했다. 특정 전공 쏠림 현상은 취업이나 대학원 진학을 위한 불가피한 선택이란 지적이었다.

"필즈상 수상자도 100일 중 99일은 허탕을 칩니다"

허준이 교수가 안식년에 귀국하여 서울 고등과학 연구실에서 『조선일보』(2024. 3. 23. 「아무튼 주말」) 이신영 영상 미디어

기자와 인터뷰한 내용에서 인용한다. 제목이 "필즈상 수상자도 100일 중 99일은 허탕을 칩니다"가 제목이다. 필자는 눈을 크게 뜨고 읽었다.

"내가 무엇을 모르고 있는지 뚜렷하게 인지할 수 있다는 것과 아주 가끔이지만, 모르는 것을 마침내 알게 되었을 때 느끼는 희열의 순간. 그게 수학의 재미죠." 학문의 특정 분야에 대가나 신출내기나 본질적으로 별 차이가 없으며, 어려운 과정을 거치는 건 매한가지구나 싶었다. 신문 뒷면엔 "부탁 거절, 운전과 주차, 교육과 양육…이 수학보다 훨씬 더 어려워요"라고 허 교수가 말했다. "제가 운전을 좀 무서워해요." (웃음)

기자가 가르치는 기쁨은? 멘토 역할과 가르치는 일을 묻자, 멘토 역할이 부담스러워요. 제 코가 석 자인데, 좋은 연구 방법론을 가진 것도 아닙니다. …어려운 과정을 거치는 건 매한가지입니다. 아내도 수학자이지만 제가 더 친절하게 가르쳐준다고 저는 생각합니다. 가르칠 때는 즉각적으로 보상이 와요.

연구는 100번, 1000번 시도해도 계속 실패의 연속입니다. 아주 긴 시간 동안 아무 보상이 없다가 어느 날 '아, 이렇게 되는구나'하며 큰 즐거움을 주지요. 저도 100일 중 99일은 '오늘도 허탕을 쳤구나'예요. (생략) 수학자에게는 모르는 것을 이해할 가능성이 열려있으니까, 대부분의 경우에 굉장히 큰 즐거움입니다. 이따금 신비하면서도 만족스러운 상태를 경험하게 됩니다.

스탠퍼드와 프린스턴에서 강의해 보니…

허준이 교수가 스탠퍼드와 프린스턴에서 강의해 보니 한국 학생들이 "좁은 범위의 문제를 완벽하게 실수 없이 푸는데 시간을 많이 쓰느라 그 너머의 것들, 깊고 넓게 공부하는 종류의 준비는 덜 돼 있는 것 같습니다. 스스로에게 제약을 걸지 않으면 어린 나이에도 굉장히 멀리 나갈 수 있어요"라고 했다. 필자는 신문 내용의 일부를 사진으로 찍어서 카톡으로 미국에서 공부하고 있는 손녀에게 보냈다.

허준이 교수는 수학보다 어려운 것이 부탁 거절하기, 운전과 주차, 교육과 양육…. 인터뷰 끝으로 "사람들이 수학이 단순하다는 것을 믿지 않는다면, 삶이 얼마나 복잡한지를 알지 못하기 때문입니다"라고 말한 존 폰 노이만(John Von Neumann, 1903~1957) 수학자의 말을 인용했다.

영국의 과학자 뉴턴 (Issac Newton)이 한 말이다. "진리의 대해(大海)는 우리 앞에 가로 놓여 있고 우리는 다만 그 바닷가에서 이상한 조개와 아름다운 돌들을 줍고 있을 뿐"이라고 했다. 필자는 손주들이 진리의 大海! 넓은 바닷가 해변에서 이상한 조개와 아름다운 돌을 많이 줍기를 기대해 본다.

3. 명문대학 지향과 행복과의 관계

(2023 새해 특집『동아일보』'행복'이란?

　2023년 새해 특집으로『동아일보』가 미국 하버드 의과대 정신의학과 로버트 월딩어(Robert J. Waldinger, 1951~)교수와 화상 인터뷰한 내용이다. 주제는 '행복이란'이었다. 인간 삶의 본질을 다룬 '행복론'이라 관심을 끄는 내용이었다. 무엇이 행복한 삶을 만들어 주는가? 내용을 요약하면 행복의 결정적 요인은 명예도 학벌도 아닌, 사람들과 따뜻하고 의지할 수 있는 인간관계(Relationship)라고 했다. 외로움과 고립은 술, 담배만큼 건강에 해롭다.

　로버트 월딩어 교수는 미국 아이오와주에서 태어나 1978년에 하버드 의대를 졸업한 정신과 의사이고, 정신분석학자이다. '무엇이 행복한 삶을 만들어 주는가?' 이 연구는「하버드대 성인 발달 연구(Harvard Study of Adult Development)」로 1938년부터 85년째 724명의 삶을 조사하며, 현재까지 이어져 오고 있다. 4번째 연구 책임(2002) 교수는 21년째 연구를 이끌고 있다. 하버드대 재학생과 보스턴 빈민가 청년 중 누가 더 행복하고 건강한 삶을 살게 될까? 퍽 주관적인 견해가 있을 수 있는 질문이기도 하다.

'한국인 서울대 꿈꾼다지만, 하버드대는 행복과 관련이 없었다'가 핵심 메시지이다. 우리가 사는 동안 무엇이 우리를 건강하고 행복하게 만드나? 많은 사람이 돈과 명예를 생각할 것이다. 그러나 정신 신경과 의사인 월딩어 교수는 돈과 명예가 아니라 '따뜻하고 의지할 수 있는 인간관계'라고 거듭 강조했다. 연구 대상자가 10대 엘리트층인 하버드대 1~2학년은 돈과 명예가 행복과 관련이 있다고 했고, 50대를 전후하여서는 돈과 명예가 아닌 좋은 관계 맺기가 인간을 행복하게 한다고 했다.

'따뜻하고 의지할 수 있는 인간관계란?'

이 관계는 자신을 숨길 필요 없이, 나 자신으로 있을 수 있다고 느끼는 관계이다. 또 상대방에게 넌 이런 사람이 되어야 한다고 강요하지 않아야 한다. 부모와 자녀의 관계도 마찬가지다. 의사나 변호사가 되라고 강요하지 말아야 한다. 살 곳, 먹을 것, 의료 서비스 있다면 그 이상 돈 번다고 행복해지진 않는다. 가족 친구에게 시간 쓰는 게 최고 투자라고 했다. 하지만 우리는 부와 명예를 얻고 성공하기 위해 애를 쓴다.

좋은 관계는 주로 결혼에서 오는가? 아니다. 배우자, 형제자매, 자녀, 친구들, 직장동료 등 의지할 수 있는 어떤 관계가 의미가 있다. 관계가 양보다 질이 중요하다. 하버드 대 인생 연구를 계기로 자신에게 달라진 점이 있다면? "바빠서 잊고 지냈던 사람들에게 연락하고, 좀 더 자주 모이도록 한다. 좋은 관계는 주어지는 것이 아니기 때문이다."라고 했다.

한국이 왜 행복에서 멀어지고 있는가?

2023년, 한국은 최근 4년 동안 출산율 세계 꼴찌, 자살률 OECD 나라 중 1위, 누구보다도 열심히 산다고 자부해 온 한국이 왜 행복에서 멀어지고 있는가? '하버드 졸업생이 저소득 가정 출신보다 더 행복한 삶을 살았을 것 같다고 여러 차례 물었지만, 로버트 월딩어 교수는 '학벌은 행복과 관련이 없다.' 돈과 명예도 인생의 종착점인 노년의 행복을 보장해 주지 못했다. 행복의 열쇠는 '사람과의 따뜻한 관계임'이 과학적으로 여러 차례 증명되었다고 했다.

월딩어 교수는 강연을 마칠 때 마크 트웨인(Mark Twain)의 명언 "시간이 없다. 인생은 짧기에" 다투고, 사과하고, 가슴앓이하고, 해명을 요구할 시간이 없다. 오직 사랑할 시간만이 있을 뿐이며, 그것을 말하라면 한순간이었다. 마크 트웨인의 명언이 신선한 충격으로 다가왔다.

세월은 빠르게 달려온다. 노후 준비도 하시길…

필자는 결혼한 지 예순 돌이 되는 회혼(回婚)을 맞이했다. 지나온 여정을 돌아보니, 젊었을 때 그림 그리기와 글쓰기에 몰두한 시간이 많았다. 취미생활 할 때 재산 증식에도 좀 관심을 가졌었다면 하는 생각이 든다. 월딩어 교수는 건강한 노년은 '돈과 명예가 아니라' 했는데, 필자는 돈과는 어느 정도 관계가 있다고 생각한다.

그 시간에 남들처럼 재산 증식에도 좀 관심을 가졌었다면 싶다. 젊었을 때 노후 준비도 겸해야 한다. 세월은 생각기보다 빠르다. 우리 집 그이는 대학에서 가르치는 일 외에도 보직교수를 너무 오래 했다고 말할 때도 있다. 그이는 50대에 주위에 가깝게 지내는 친구 아무개가 강남에 땅 보러 가자고, 무슨 개발계획이 세워진 곳이라며, 여러 번 말했을 때 일별도 주지 않았다고…, 재산 증식에는 너무 무심했다고 필자에게 토로할 때도 있다.

자영업자나 기업을 경영하는 사람은 친인척 중에 단 한 사람도 없다. 노후의 생계를 오로지 연금에 매달리지 않고 경제적으로 좀 여유가 있으며 좋으련만, 월급봉투는 투명하다. 아무리 검소하게 생활해도 장년기(長年期)기에 자식들의 교육, 결혼, 취업, 주거 등의 비용을 마련하는 데는 경제적으로 힘겹다. 자녀들의 교육과 결혼시키는 것은 부모의 기본 의무라고 생각한다. 50대 자식들의 삶이 힘들 때 부모로서 도움 줄 수 없어서 미안한 생각이 든다. 이제는 노년도 70세 이상이다.

요즘 젊은 나이에 재벌가가 된 사람은 능력도 있고 운도 있어 보인다. 연구실이나 책 속에 파묻혀 지내는 자식들을 보며 때로는 기업 같은 데도…? 하는 생각이 든다. 세상에 쉽고 편한 직업은 없을 것이다. 어느 직업이고 남이 모르는 복잡하고 어려운 고비를 넘지 않고 큰 포부를 달성한 사람은 없을 것이다.

필자는 따뜻한 인간관계도, 친척 간, 심지어 부모와 자식 간에도 어느 정도 애정을 표시하며 베풀어야 유지되지 않을까? 가는 정이 있어야 오는 정도 있다. 인정과 애정도 일방통행이 오래 유지되지는 않을 것이다. 손주들이 학교에서 상을 받았든지, 방학 때 찾아오면 친구들과 커피값이라도…, 하며 용돈이라도 얼마 주고, 맛있는 음식점에 데리고 갈 정도의 여유는 필요하다. 노년에 조부모로서 체면과 품위 유지를 위해서 어느 정도 경제력은 있어야 한다. 노년에는 이삼일이 멀다 하고 병원을 가게된다. 자식들에게 경제적 부담을 주지 않기 위하여도 경제적 여유가 필요하다.

하나님이 다는 주시지 않으신다!

그이는 자식들에게 '하나님이 다는 주시지 않으신다. 항상 희망과 활기에 찬 학생들을 가르치는 직업에 긍지를 가지라'고 말한다. "넓은 시야를 가진 지도자를 기르는 일이, 과학자나 기술자나 온갖 분야의 전문가를 만들어 내는 것과 꼭 같이 소중한 대학의 임무이다," 전 컬럼비아 대학 총장 키크(Grayson Kirk)가 한 말이다. 그이는 가끔 신문이나 TV에 크게 보도되는 큰 인물이 자기의 제자였다고, 석사·박사 과정 논문지도 했다고 말하며 우쭐해한다. (웃음)

노년의 행복은 따듯한 인간관계와 더불어 어느 정도 경제적 여유도 필요하다. 영국의 철학자 럿셀(Bertrand Russell)은 건강, 충분한 재산, 행복한 대인관계, 사업의 성공을 들었다. 중국의 주자(朱子)가 '소년이로 학난성(少年易老 學難成)' 소년은 늙기 쉽고 학문은 이루기 어렵다, 고 했는데 맞는 말이다. 늙음은 생각기보다 빨리 온다. 노후에는 정신적 경제적 안정이 필요하다.

4. 한국문협 임원 선거 출마예정자 작품들

『한국문학의 중심에 서다』 한국문학 비전 2023
『민흘림 기둥을 세우다』 권남희 에세이집 2022

『한국문학의 중심에 서다』는 2023년 제28대 한국문협 임원 선거 출마예정자 대표작 선집이다. 167쪽인데, 대표 13인의 선집이라 모든 작품이 보석처럼 반짝인다. 문인협회 임원 선거철이 되면 멋있는 책들이 작가 소개 겸 보내온다. 필자는 올해도 두 권 받았는데 분야마다 뛰어난 작품들이었다. 지면 관계로 욕심껏 인용할 수 없어서 유감스럽다. 짧은 시나 한두 작품 옮겨 놓을까 한다.

동시(童詩) 「좋아한다면」
― (아동문학가 김봉석)

좋아한다면 / 네가 나를 정말 좋아한다면
너무 뚫어지도록 / 쳐다보지 마 / 다른 애들이 눈치채니까
좀 더 멀리서 못 본 척 / 그저 생각만 해
그래도 나는 / 느낄 수 있어 / 좋아한다는 건 / 바로 그

런 거야

좋아한다면 / 조금 멀리 떨어져서 / 지켜봐 줘.

「괜찮아, 다 사느라고 그랬는걸」
― (김연수 시인)

때때로 할 말 다 하지 못했어도 / 너무 안타까워하지 마

하고 싶은 말 해야 할 말 / 다하고 사는 사람 없으니까

언젠가 옳은 것과 다른 선택을 했어도 /

너무 자책하지 마

한 인생 살면서 / 어떻게 옳은 선택만 하며 살아갈 수

있겠어

혼자 있는 시간이면 / 잊고 싶었던 부끄러운 일 자꾸

만 생각나도

너무 괴로워하지 마

부끄러운 기억 없는 사람 / 세상에 단 한 사람도 없으

니까

아무리 애써 보아도/ 하고 싶은 일 잘되지 않아도

너무 애태우지 마

언젠가 꿈과 소망이 바라던 것 보다 / 잘될 때도 있기

마련이니까

괜찮아, 괜찮아 / 다 사느라고 그랬는걸

그것이 인생이잖아.

저마다 삶의 자리에서 / 제 몫의 세상살이/ 살아내느
라 그랬는걸

내가 나를 좋아하지 않으면 / 누가 나를 좋아하겠어

나도 나보고 웃지 않는데 / 누가 나에게 웃어주겠어

괜찮아, 다 사느라고 그랬는걸

이제 나를 보고 웃어봐. (「괜찮아, 다 사느라고 그랬
는걸」)

필자는 「괜찮아, 다 사느라고 그랬는걸」이 시가 맘에 들어서
주어진 삶에 땀을 흘리며 전력 질주하는 딸, 아들, 며느리들에
게 e-mail로 보냈다. (2023.10.)

「산혈 · 山血」
─ (박충훈 님의 단편소설 중에서)

산혈이란 산허리가 툭 터지며 쏟아져 내리는 산사태
를 말한다. 말 그대로 쏟아지는 황토 빛깔 산의 피를 현
장에서 목격했다. 소설 속에 참담한 많은 광경을 정밀
묘사한 수작이다. 소설 속의 생존자는 바로 이 소설의
작가가 그 등산 코스를 지나다가 산사태를 보고 빨리 피
하라고 소리친 후, 가까이 있던 한 여인을 끌고 언덕으
로 달아나 간신히 살았다. 그 여인의 입으로 산사태 이

야기는 펼쳐진다.

산사태를 현장에서 목격한 주인공이 이 소설의 작가인데 토목고 출신이라 나무와 산야에 대한 풍부한 지식은 독자들의 알고 싶은 욕구를 충족시켜 준다. 우리는 자연을 경외할 줄 알아야 함을 간접적으로 소리높여 외친다. 산의 지형이나 인근 마을 군락을 고려하지 않고, 다목적으로 산림을 벌목한다든지, 자연을 정복한다는 오만한 언행을 삼가야 할 것이다. 인간이 자연에 가한 죄의 값은 부메랑처럼 우리에게 재앙으로 오고 있다.

필자는 이 글을 읽으며, 미국의 해양 생물학자 레이첼 카슨(Rachel Carson, 1928~)의 소리 없는 봄, 책 『침묵의 봄(Silent Spring)』을 (1962) 떠올렸다. 환경파괴는 이 지구별을 디스토피아(dystopia)로 만들 것이다. 훼손된 환경이 몰고 올 지구촌 재앙 말이다. 세계 지도자들의 3대 관심은 전쟁, AI(인공지능), 그리고 기후라고 한다.

『한국문학의 중심에 서다』 한국문학 비전 2023에는 주옥같은 작품이 많다. 베끼기 시작하면 끝이 없을 것 같다. 지면 관계로 여러 작품을 소개하지 못함을 미안하게 생각한다.

『민흘림 기둥을 세우다』 권남희 에세이집 (2022. 232쪽)

권남희 수필가는 한국 수필가협회 제8대 회장을 역임했고,

월간 『한국 수필』 편집주간이었으며, 큰 상도 여러 번 받았다. 『민흘림 기둥을 세우다』는 10번째 수필집이라는데, 저자가 얼마나 독서량이 많고 예술적 감각이 뛰어났으면 이토록 멋진 작품을 생산했을까? 이 책에는 50여 수필이 실려있다. 표현이 입체 감각을 띄고 있으며, 은유법은 신선하다.

예를 들면 수필 「고래를 위해 Cheer Up」에는 서양화가 고갱 (Paul Gauguin, 프랑스 상징주의 화가)과 영국의 소설가 버지니아 울프 등의 작품을 인용했는데, 수필의 내용과 소재가 풍부하다. 결코 야만적이기를 포기하지 않았던 고갱에 대하여 작가의 표현은 해학적이다.

고갱의 작품 앞에서 망망대해 고래가 되는 꿈을 품어봅니다. 고갱은 그림으로 세계를 헤엄치는 고래가 된 듯합니다. "까짓거 생존을 위해 헤매는 거야 당연하지만 때로 상어나 어부의 밥이 되어주는 일도 멋진 일 같습니다. 시시풍덩하게 지내느니 죽을 때까지 죽을힘을 다해 바다를 헤엄쳐 다니는 일은 위대하니까요." 했다. (웃음)

권 수필가는 "세상에서 가장 큰 실수는 생각만 하다가 해보지 않는 것이라는 말도 있습니다." 공감이 간다. 독자가 문학 지망생이라면 권남희 작가님의 수필집을 사 보라고 말하고 싶다. 낱말 하나하나가 살아 생동하는 것 같다. 비교와 은유도 탁월하다.

독서가 주는 지혜

권남희 작가는 본문의 65쪽에 "숲속의 잠든 공주를 깨우는 키스, 그 선물 같은 독서를 생각합니다. …독서가 주는 지혜를 어떻게 세상에 알릴 수 있을까요? 정제된 듯 폭발력을 갖춘 내용과 진실을 캐낸 책과의 만남은 뜻밖의 행복을 줍니다. 독서의 매력은 한 권의 책에서 읽기가 끝나지 않는다는 사실에 있습니다." 이렇게 통할 수가 있을까? 필자는 권남희 작가의 문장력은 탁월하다고 생각한다.

문학은 훌륭한 치유의 능력을 보여준다. 또한 문학이란 삶의 회오이자 바로 누군가에게 박힌 가슴의 못을 뽑아주는 일이라고 했다. 이런 신념으로 글을 쓰니 훌륭한 작품이 나온다고 생각되었다. 일면식(一面識)도 없지만 책 선물에 감사함을 표하고 싶다.

5. 즐겨 부르는 노래 애창곡(愛唱曲)

필자와 그이는 어린 시절에 「6.25 전쟁 (1950.6.25.~1953.7. 27.)」을 뼈아프게 경험했다. 2023년 6월 25일, TV 방송에서 「6.25 전쟁」 관련 팝송, 군가, 유행가, 이별가 등을 많이 들려주었다. 피난 가던 때의 기억들이 아직도 생생하다. 70여 년 전, 남쪽으로 짐보따리를 이고 지고 흙먼지 길을 걸었다. 도로가 흙과 돌자갈로 돼 있었다. 우리는 등 뒤에서 총소리 탱크 소리를 들으며 부산 쪽으로 피난 길에 올랐다. 휴전협정이 체결 (1953.7.27)된 후, 초·중·고등학교 다닐 때 6월이 오면 운동장 땡볕에서 전교생이 「6.25 전쟁」 기념행사를 했다. 휴전협정으로 한반도 분단 38선은 고착되었다.

우리 노부부는 TV를 보며 '아아~ 잊으랴!, 어찌 우리 이날을~', 하고 「6·25 노래」를 함께 불렀다. 1980년대 후반에 「우리의 소원은 통일」이란 노래가 한때 유행했었다. 요즘은 천안함 폭침, 연평도 공습 등 북한의 잦은 핵무기실험과 대남 도발, 2024년에는 '오물 쓰레기 풍선'까지…. 동족(同族)이란 말이 오히려 부끄럽다.

노래를 부른 후, 그이가 웃으며 "내가 좋아하는 노래(愛唱曲) 3개가 뭔지 아니? 했다. 필자는 조용필 가수가 부른 「허공」이라

했다. '허공'은 그이의 고희(古稀) 축연 때 오락 시간에 불러서 가라오케 100점 맞은 노래다. 요즘은 나훈아 노래 '고장 난 벽시계는 멈춰있는데 세월은 고장도 없네~' 노래가 나오면 그이는 따라 부른다. 해서 「허공」과 「고장 난 벽시계」라고 했더니, 그건 맞지만 내가 젊었을 때부터 좋아했던 노래와 나이 들어 좋아하게 된 노래는 다르다고 했다.

나이 들어서는 영국의 가수 탐 존스(Tom Jones, 1940~)의 「고향의 푸른 잔디(Green, Green Grass of Home)」와 존 뉴턴 (John Newton, 1725~1807)의 「놀라운 은혜(Amazing Grace)」라고 했다. 「고향의 푸른 잔디」 노래에는 잘살기 위하여 고향을 떠났으나, 결국은 꿈에도 그리운 고향 땅에 묻히는 것이었다. 고향의 옛집과 푸른 잔디와 어린 시절을 회상하는 아름다운 노래다.

존 뉴턴의 「놀라운 은혜」(1772)는 찬송가(305장)이기도 하다. 존 뉴턴은 영국의 성공회 신부였다. 그는 6세에 어머니 별세했고, 11세부터 아버지 따라 아프리카 흑인 노예무역선에서 22세에서 28세까지 선장까지 했었다. 뉴턴은 아프리카에서 영국으로 돌아오던 중에 폭풍우를 만나 좌초될 위기에, 흑인 노예무역에 관여한 삶을 회개하며 간절히 기도했다. 기적적으로 죽음의 위기에서 벗어나게 되었다. 이때가 계기가 되어 지난날을 깊이 후회하고 회개하며 성공회 사제가 되었다.

노래 내용에 나 같은 죄인 살리신 주 은혜 놀라워, 잃었던 생명 찾았고, 광명을 얻었네. (Amazing grace how sweet the sound / That saved a wretch like me.
I once was lost, but now I'm found / Was blind but now I see. ….)

그이는 젊었을 때는 미국의 가수 도리스 데이(Doris Day)가 부른 케세라세라 「Que sera, sera」 어떻게 되든지, 무엇인가 잘 되겠지. 미래는 우리가 알 수 있는 게 아니란다. 쉽게 생각하려무나~~~. (Whatever will be, will be / The future's not our to see Que sera, sera / What will be, will be. ….) 필자는 그이가 좋아했던 노래 가사를 인터넷에서 찾아 영어로 적어주었다. (웃음)

우리 부부는 나이 60대 초에 선영에 합장묘를 만들었다. 불가(佛家)에서 말하는 해로동혈(偕老同穴)이다. 뜻은 살아서는 같이 늙고, 죽어서는 한 무덤에 묻힌다는 말이다. 영원한 집에서 다시 만나면 그때 추억을 말하며 이런 노래를 부를지 모르겠다. 독자님 넌센스(nonsense) 글을 쓰고 있는 필자를 향해 웃어보세요. (2023.6.27.)

필자는 20대 초반에 미국에서 유학생 남편 만나 가정 이루고 살 때는 이은상의 시「내 고향 남쪽 바다, '가고파」 노래를 즐겨 불렀다. 노년에는 최희준(崔喜準, 1936~2018)이 부른 「하숙생, 1965」을 좋아한다. 노래의 가사와 흐름이 좀 쓸쓸하지만. 「하숙생」 노래에 인생은 나그네 길, 어디서 왔다가 어디로 가는가? (Life is a journey, Where did it come from and where does it go?) 구름이 흘러가듯 떠돌다 가는 길에~. '정일랑 두지 말자, 미련일랑 두지 말자(Never leave love, Never leave lingering attachment).' 감정의 동물인 인간, 어디 가능한 일인가. 필자의 취미는 독서라 노래에 관심이 많지 않다. 「하숙생」 가사에 중국의 시인 도연명(陶淵明, 365~427)이 말했듯 '인생은 타향의 여관에 하룻밤 묵고 떠나는 나그네 같다는 '역려지관(逆旅之館)'이라는 시귀(詩句)에 동감한다. 독자님의 애창곡은? (웃음)

6. 인공지능(AI)과 챗GPT

세계 강국들이 AI 인공지능 혁신을 위하여 거금을 투자하고 있다. 세계 지도자들의 3대 관심은 전쟁, 인공지능(AI), 기후 변화라고 한다. 근래 몇 년 동안 일간신문에 인공지능과 챗GPT (Chat·Generative Pre-Trained Transformer · 말하는 로봇) 에 관하여 다양한 기능을 설명함과 동시에 특히 '인공지능 AI로 인류 멸종을 우려하며 핵전쟁처럼 다뤄야 한다,'고 강조하고 있다.

군대나 테러리스트, 정신질환이 있는 사람이 AI 시스템에 나쁜 일을 시킨다면 매우 위험할 수 있다. 멀지 않아 AI가 많은 사람을 죽이거나 다치게 할 수도 있기에 정부가 나서 이 기술이 오용되지 않도록 방법을 찾아내야 한다고 경고했다. AI 통제는 전염병이나 핵전쟁에 대비하듯, 전 세계가 최우선 과제가 되어야 한다. 'AI의 안전한 사용'을 위해 AI 업계 350여 명이 공동성명(2023.5.30.)을 통해 UN 첫 결의안을 채택했다.

그렇게 위험한데 왜 앞다투어 AI 혁신을 경쟁하고 있는지 궁금하여 필자는 일간신문의 내용을 모아서 나름대로 정리하여 보았다. 그래도 궁금하면 인터넷을 참고하여 내용을 보충하였다.

참고로 세계 최초의 포괄적 AI 규제법을 유럽 연합 EU 의회 (유럽 연합, 2024.3.13.) 통과, 그리고 UN(국제연합) 193 회원국 대표도 미국 뉴욕 UN 본부에서 만장일치로 통과시켰다. (『조선일보』2024.3.23.) 군사 AI는 더 이상 영화·소설 속의 얘기가 아니다. AI는 각종 전쟁 정보와 인간의 사고방식 그리고 결함까지 모두 학습했다.

> 우리나라 서울에서 「AI의 군사적 이용」에 관한 국제 회의를 개최(2024.9.9.~10.)했다. 미국, 중국, 영국을 포함한 96개국의 AI의 책임 있는 군사적 이용에 관한 고위급회의(Responsible AI in the Military domain · REAIM)에서 "AI를 군사적으로 이용하되 핵 사용 등 주요 결정에선 인간의 통제가 유지돼야 한다,"는 청사진을 채택하고 폐막했다.
>
> (『조선일보』2024.9.14.)

공학 엔지니어(工學, Engineering)?

공학 엔지니어란 말은 라틴어에서 온 말인데 무엇인가를 만든다는 뜻으로 우리말에 장인(匠人)과 비슷하다. 필자가 중·고등학교 다니던 1950년대에는 공업고등학교 학생과 상업고등학교 학생들을 놀리기도 했다. 공고생은 고치고 땜질하는 '땜장이', 상고생은 물건을 판다고 '엿장수'라고 조롱했다. (웃음)

"첫 노벨 수상자가 되는 공학도가 되어라."

25여 년 전 손주들의 돌잔치 때 대학에서 국제정치학을 가르쳐 온 그이는 축사에서 앞으로 첫 노벨 수상자가 되는 공학도가 되어라. "너희들의 세대는 오늘과 달리 과학이 국력이며, 직업도 기술(技術)을 가진 공학 분야라야 한다"고 했다. 당시에는 자녀들이 고시하여 판사 검사가 되고 의사가 되는 길을 부모들이 선호할 때였다.

할아버지의 말씀대로 필자의 손주들 6명 중 3명이 기계공학, 컴퓨터공학, 화공생명공학을 전공하고 있고, 그 외에도 또 공학도가 나올 확률이 있다. 기계공학을 전공하는 손주는 손과 손가락 놀림 연구가 전공인데 아주 어릴 때부터(6~7살쯤), 할머니가 집안에서 자유자재로 일할 수 있도록 특별 장치된 휠체어(Wheelchair)를 만들어 주겠다고 했다. 필자는 한때 퇴행성 관절염으로 운신이 부자유스러웠다. (웃음)

4차산업혁명 시대 AI 인공지능과 로봇(Robot) 공학

2016년 3월에 (AI) 인공지능 알파고(AlphaGo)와 바둑의 최고 실력자 이세돌의 바둑 시합이 한국 서울 포시즌스 호텔에서 열렸다. 알파고 딥마인드(DeepMind)는 영국의 인공지능(AI) 바둑 프로그램 개발회사이다. 4대1로 알파고가 승리했다.

이세돌(1983~)은 한국, 전남 신안군 출생으로 바둑 9단이며, 메이저 세계대회에서 14회 우승한 프로바둑 최고 실력자였다. 인간이 만든 AI(인공지능) 프로그램과 인간의 대결에서 기계가 이겼다. 예상 밖이어서 충격적이었다.

3차 산업혁명은 컴퓨터와 인터넷(1969)으로 디지털 사회화가 되었다. 현재 4차산업혁명이 AI 인공지능과 로봇(Robot 공학) 기술, 빅데이터 처리 등, 정보통신기술의 융합으로 혁신을 주도하고 있다.

인공지능(AI) 로봇의 필요성

4차산업혁명에 AI 인공지능은 거의 모든 분야에 활용되고 있다. 인공지능의 필요성과 인간을 돕는 이점은 너무나 많기에 몇 가지만 옮겨적었다. 학술자료에 따르면 '다양한 산업 분야에 생산성, 정확성, 다용도 향상'으로 이어지고 있다.

4대 핵심 분야는 산업용 로봇과 자동화, 무인 자동차(Self-driving Car, 무인 자율주행차) 및 드론(Drone, 무인 항공기), 가전제품의 가공과 조립에 주로 로봇을 이용하여 제조업 혁명을 주도하는 산업용 로봇과 자동화이다.

고층빌딩 건축, 고층 공항 건설, 자동차 공장 등 어렵고 위험한 난도(難度)가 높을 때 반복적 번거로운 작업을 자동화하여 노동 부담을 줄이고, 위험을 줄이고, 시간을 절약하며, 비용을 획기적으로 줄인다. 인공지능 로봇이 인간과 효과적으로 협업할 수 있도록 로봇 공학 연구는 혁신을 거듭할 것이다.

AI 발전 수준이 그 나라 국력을 과시하는 측도

AI 3대 강국 도약 프로젝트로 정부는 2조 들여 'AI 컴퓨팅 센터'를 27년까지 건설하고, 기업은 63조 투자한다. 2030년까지 AI 유니콘 10곳을 육성할 계획이다.

(『조선일보』 2024.9.27.)

기계가 인간의 도움 없이 문제를 해결할 수 있는 능력을 지닌다!

논리적 사고력과 더불어 의사소통, 도구의 사용, 그리고 계산을 처리하는 속도와 정확성은 매우 뛰어나다. 사회문제를 해결하고 새로운 방법을 제안할 수 있다. 대량의 데이터를 분석하여 더 정확하고 효율적인 의사결정을 할 수 있다. 환경 모니터링, 자연재해를 예측할 수 있다. 과거의 데이터를 기반으로 미래를 예측하거나 개인화된 추천을 제공할 수 있다. 이러하니 AI의 발전 수준이 그 나라의 국력을 과시하는 측도가 되었다.

사람의 뇌에 컴퓨터 칩 이식에 성공했다!

미국의 뇌과학기업 뉴럴링크(Neuralink, BCI)가 사람의 뇌에 컴퓨터 칩 이식 수술에 성공(2023.1.)했다! (『조선일보』 2024.1.31.) BCI(Brain Computer Interface)는 뇌(뇌신경 과학)와 컴퓨터(컴퓨터 과학)를 연결해 주는 소프트웨어 프로그램이다. 인간의 생각만으로도 기기가 조정된다.

뇌졸중, 루게릭병을 앓는 환자가 마비로 말을 할 수 없어도 그의 생각을 읽을 수 있게 되었다. AI 시스템이 도구에서 인간 자체에까지 침투 영역을 확장했다며 세계가 놀라고 있다. 뉴럴링크는 미국의 일론 머스크(Elon Reeve Musk, 1971~)가 2016년에 설립한 뇌신경공학(Brain Neural Engineering) 기업이다.

위의 뉴스를 접했을 때 얼른 떠오른 사람이 영국의 물리학자 스티븐 호킹(Stephen Hawking, 1942~2018) 박사였다. 뇌와 척수에 있는 운동신경세포가 파괴되는 루게릭병(21세)을 앓았다. 여생을 조그만 휠체어에 몸을 의지하고 생각은 우주 천체를 연구하며 대폭발이론(Big Bang Theory)이라든가 블랙 홀(black hole)과 복사열(thermal radiation) 등 우주의 신비를 밝혀냈다.

미국서 뇌 전극 이식 또 성공, '5년 만에 목소리 찾아 가족들 눈물 흘려 감격'이란 뉴스가 나왔다.

(『동아일보』 2024.8.17.)

AI가 인간과 대화하는 휴머노이드 로봇
(Humanoid Robot)

휴머노이드 로봇은 인간 신체 형태를 닮은 로봇이다. 2022년 11월에 오픈 AI의 생성형 챗GPT가 등장했다. 2024년 3월에는 스타트업 피규어(figure, 정밀하게 표현하는) AI가 인간과 대화하는 휴머노이드 로봇을 공개했다.

필자는 조간신문을 읽다가 『엄마가 죽었으면 좋겠다』란 제목의 책, 일본 NHK가 방영한 '간병 살인'에 대한 다큐멘터리를 책으로 묶은 것이다. (『조선일보』 2024.1.13.) 한국도 2024년에는 노인 인구가 1,000만 명을 돌파한다. 한참 늦었지만, 지금부터라도 간병을 사회가 함께 책임지는 구조를 만들어야 한다고 했다. (2023.11.13. 『동아일보』 횡설수설) 장수 시대에 이보다 더 현실적인 문제 해결의 정답이 있을 수 있을까?

국제 핵융합 실험로
(International Thermonuclear Experimental Reactor · ITER)

'AI 인공지능 시대'에 막대한 전력이 필요하므로 미국의 빅테크(Big Tech) 거물들은 원자력, 태양광 투자 등 전력 확보에 전력한다.

(『조선일보』 2024.4.24.)

「인간이 만든 별, 새로운 별 탄생」(『조선일보』 2024.8.6.)이란 글이 게재되었다. 인류의 미래 에너지원을 만들기 위하여 프랑스의 남부 카다라슈에 국제 핵융합 실험로(ITER)를 건설(2019.7.1.)하기로 했다. 이 핵융합 실험로는 10년 간의 공학 설계를 마쳤다. 미국, 중국, 러시아, 프랑스, 인도, 한국, 일본 등 35개국이 참가했다. 핵융합 에너지의 원천이 태양이라 연료가 무한하고 안전하며 깨끗하다.

국제 핵융합 실험로(ITER) 시설을 토카막(Tokamak)이라 하는데 라틴어로 길(Way)란 뜻이다. '인류의 미래 에너지 개발로 나아가는 길'이란 뜻이 담겼다고 한다. 이 프로젝트는 지상에 인공 항성을 만들어 엄청난 양의 에너지를 활용하게 된다. 차세대에 인간이 만든 별에서 에너지를 사용하게 된다니 신비스럽다. 필자는 호기심으로 인터넷 「한국 핵융합 에너지 연구원」에서 보충했다.

「지구에 양산(parasol) 씌우고 대기에 얼음 분사하자!」

'지구의 온난화 특단 대책 나오나'
(『동아일보』 2024.3.8.)

탄소배출 줄이기 운동이 별 효과가 없자, 미국항공우주국

(NASA) 과학자들은 고고도 비행기를 이용해 지구 대기 성층권에 얼음을 뿌려 지구 온도를 낮추자는 전략 아이디어를 공개했다. 즉 인공적으로 태양에너지를 줄이는 차단막을 만들자(국제 학술지 「사이언스 어드밴시스(Science Advances)」 (2024.2.28.)) 그러나 인위적인 일사량 차단으로 생태계 악영향 우려가 크다고 지적했다. 오래 살다 보니 별 희한한 과학 뉴스를 읽게 된다. (웃음)

AI로 작물관리, 농기계 수리 돕는 챗봇

위성영상 학습한 AI로 작물관리, 농기계 수리 돕는 챗봇도 애그테그 (AgTech · Agriculture Technology 합성어) 첨단 농법에도 AI 열풍이 거세다. 약 30만 평 돼지농장에 7,500마리 돼지를 직원 7명이 키우고 있다. 인공지능 AI 카메라로 돼지 숫자와 무게를 곧바로 알 수 있으며, 환기, 온도 조절, 사료 급식까지 모두 자동화했다. 작업시간이 95% 줄었고, 즉 20분의 1로 줄었고, 매출도 지난 10년 동안에 10억 원에서 60억 원으로 늘었다.

로봇 수직농장(垂直, Vertical Farm)

작물을 주로 실내에서 키우는데 AI 직동(直動) 로봇이 위, 아래로 수직 방향을 오가며 24시간 수직형으로 쌓은 조립식 플라스틱 그릇 같은데 과일, 채소, 허브 등을 키운다. 토지, 물, 에너지를 덜 사용하고, 더 많은 식량을 생산한다. 작물이 일 년 내내 자란다. 인간의 노동시간을 줄이고, AI 기술로 햇빛은 자연광 대신에 LED와 같은 인공광을 공급하고, 수경재배로 물과 양분을 공급한다. 급속한 고령화와 농업인구감소 시대에 AI를 활용한 농업혁명 '스마트 농업'이 미래 농업의 대안으로 떠오르고 있다.

(『동아일보』 2024.8.19.)

챗GPT (Chat·Generative Pre-Trained Transformer)

챗GPT는 대화형 인공지능 즉 말하는 로봇이다. 생성형 AI 챗GPT는 AI가 미리 각국 언어를 학습하였다. 이를테면 한국어 강연을 영어로 중국어로 통역한다. 그 반대 방향도 마찬가지다. 생성형 챗GPT는 사전 학습된 트랜스포머(transformer)이다. 사람과 대화하고, 그림도 그리고, 노래도 작곡한다. 앞으로는 AI 쓰는 자와 못 쓰는 자로 갈린다고 했다.

왜 챗GPT를 개발하나?

지적 노동의 대량생산 시대에 챗GPT는 대화 능력, 요약 능력, 교정 능력 그리고 창작 능력을 지녔다. 전문가들은 문제점을 어떻게 해결할 것인가가 숙제로 남아있다.

2016년 마이크로소프트(MS)가 챗봇(Chatter robot) 테이(Tay Tweets, 2016.3.23.)를 출시했는데, '히틀러가 옳았다,'는 인종차별적인 폭력적인 발언을 쏟아내기 시작하여 16시간 만에 종료되었다. 다른 예로 "부시가 9.11 테러를 꾸몄고, 히틀러가 지금 있는 원숭이보다 더 나은 일을 했을지도 모른다. 도널드 트럼프는 우리의 유일한 희망이다." 등, 오답(誤答)이 나올 수 있기에 신중히 고려해야 한다고 미국·EU 등 규제를 논의했다.

(『한국일보』 2023.2.)

2021년 우리나라에서 '이루다' 챗봇(Chat GPT, 2021.1.19)이 혐오 발언, 성희롱 발언을 한다는 논란과 함께 개인 정보 유출이 제기되어, 조사를 거쳐 20일 만에 처분을 내렸다. (웃음)

AI 음성 복제로 보이스피싱 (Voice Phishing) 주의

'보이스피싱'은 전화로 협박하여 송금을 요구하거나 특정 개인정보를 수집하는 사기 수법이다. 영어 피싱(phishing)은 개인 정보(private data)와 낚시(fishing)를 합성한 말이다. 미국서 처음에는 30초 샘플로, 근래는 15초 샘플로 AI 음성 복제할 수 있다며 보이스피싱을 주의하라고 강조했다. 한국 경찰도 "의심스러운 전화를 받으면 메모하면서 발신자의 전화번호를 물은 뒤 전화를 끊고 공식 기관에 연락하라"라고 조언했다.

음성 복제 모델 보이스 엔진(Voice Engine)이 공개되었다. (2024.4.30.) 안전을 이유로 일반 사용은 불가(不可)하다. '딥페이크(deep fake · 조작된 영상, 이미지, 음성)' 오용을 우려해서이다. 미국 대학에서 챗GPT 등 인공지능을 악용한 시험 부정행위가 늘자, 이를 막기 위하여 구술시험이 각광(脚光)을 받고 있다. 특히 2024년 11월 미국 대선을 의식해, 대규모 배포 일정을 美 연방 통신위원회(FCC)는 금지했다. 인공지능을 이용한 챗GPT 등장으로 기업체용에 자소서 대신에 직접 대면하는 면접 우선으로란 내용도 게재되었다.

(『조선일보』 2024.3.25.)

7. 달과 화성(火星·Mars)에 인간이 살 수 있을까?

달(月 · Moon) '아르테미스 협정(Artemis Accords)'?

인류가 사는 지구별의 나이는 약 45억 년이라고 한다. 지구별은 제한된 삶의 터전에 수천 년 동안 인류가 살아오면서 자원은 고갈되었고, 자연훼손은 피할 수 없었다. 결국 지구의 자연 자원 부족과 핵전쟁, 전염병 발병 등을 예상할 수 있기에 세계의 강국들이 자원채굴을 위해 달과 화성 탐사를 경쟁하고 있다. 달과 화성에 인간 거주지를 만들 수 있을까?

'아르테미스(Artemis)'란 고대 그리스어로 달을 가리킨다. '아르테미스 협정'은 평화적 목적으로 달을 탐사하며, 투명한 임무 수행과 우주물체 등록, 우주활동 분쟁 방지를 위한 원칙을 담은 약정(2020.10.13.)에 서명했다. 참여국은 미국, 일본, 영국, 이탈리아, 캐나다, 오스트레일리아, 룩셈부르크, 아랍에미리트 등 8개국이다. 이후에 우리나라도 참여했으며, 지금은(2024.5. 기준) 40개 국에 달한다.

달은 35억 년 전쯤에 생성된 것으로 추정하며, 지구에서 약 38만 5천 km 떨어진 곳에 있는데, 매년 3.8cm씩 멀어져가고 있다. 달은 지구에서 가장 가까운 천체이다. 달은 태양 다음으로 지구에 영향을 주고 있다. 지구는 달의 1.6배이다.

달은 태양 빛에 의해 온도 차이가 200도 이상이다. 태양 빛이 닿을 때 섭씨 127도까지 오르고, 태양 빛이 없는 밤에는 섭씨 영하 183도까지 떨어지는 것으로 과학자들은 추정하고 있다.

(YTN 사이언스, 2019.1.14. 「중국 창어 4호」)

달의 지각(地殼·표층) 구성

달에는 산과 산맥, 계곡이 있다. 달이 밝은색으로 보이는 것은 광물질 칼슘과 알루미늄이 많이 함유된 사장석과 비슷하기에 밝게 보인다. 달은 지구의 중력에 이끌려 지구를 도는 위성이다. 달이 없으면 지구의 생명체가 존재할 수 없으며, 달로 인해 생명의 움직임이 활발하게 되었다. (위키백과)

달의 대기(大氣·공기)에는 나트륨, 칼륨 등 금성, 지구, 화성의 대기에서 발생하지 않는 희귀한 원소가 존재한다. 달의 지각(표층) 구성은 산소 43%, 규소 21%, 알루미늄 10%, 칼슘 9%, 철 9%, 마그네슘 5%, 타이타늄 2% 등등이라고 알려져 있다. 그러나 달을 둘러싸고 있는 대기는 아주 옅은 기체층이라 대기(大氣)가 없는 진공으로 간주한다.

달의 탐사 역사

소련의 유인 우주선 보스토크(Vostok) 비행사 유리 가가린(1934~1968)이 세계 최초로 지구궤도를 돈 것이 1961년 4월이고, 미국의 항공우주국(NASA) 최초 유인 우주선 아폴로(Apollo 11호)가 달에 착륙한 것이 1969년 7월 20일이다. 아폴로 선장 닐 암스트롱(Neil A. Armstrong, 1930~2012)이 달의 표면에 첫발을 디뎠을 때 'Man on the moon!' 하며 미국인들은 물론, 세계가 흥분했다. 지난 50여 년 사이에 민간 주도 '우주 운송'이란 우주 경쟁 시대로 진입했다. 반세기 전만 하더라도 달은 신비의 세계였다. 문인들의 글 소재 중에 달, 꽃, 미녀(美女)가 많았다. 밤에 달이 없었다면 문인들의 글 소재가 빈약했을 것이란 말까지 있었다. (웃음)

우리나라도 우리기술로 만든 로켓 우주발사체 인공위성 '누리호(Korea Space Lunch Vehicle, KSLV-1I)'를 전남, 고흥, 나로 우주센터에서 쏘아올렸다. 3차 발사에 성공(2023.5.25.)하여 세계 7대 우주 강국이 되었다.

인도의 무인 우주선 찬드라얀 3호:

인도의 무인 우주선 찬드라얀 1호(Chandrayaan-1, 2009.9. 26.)가 달에 물이 있는 것을 발견했다. 인도의 우주 연구 기구

(ISRO)가 찬드라얀 3호를 세계 최초로 달의 남극 착륙(2023.7.14.)에 성공했다. 남극 표면은 영상 50도, 예상보다 높다. 황, 산소, 알루미늄, 칼슘, 철, 크롬 원소를 탐지하는 등 다양한 관측자료를 보내왔다. 탐사선은 14일간 달의 남극에서 각종 샘플을 수집한 후 교신이 끊어졌다. (『조선일보』 2023.9.25.) 인도는 세계에서 달착륙에 성공한 4번째 국가가 되었다.

2020년부터 세계 각국에서 달에 유인기지를 건설하려는 계획이 활발해졌다. '미국과 중국이 달에 기지를 세워 자원채굴 경쟁'이란 기사가 『동아일보』에 게재 (2023.10.4.) 되었고, '달 경주(moon race) 2차전이란 기지 상상도까지 그려놓았다.

세계 최초 상업용 우주정거장 액시엄 스테이션((Axiom Station) 개발 중

미국 무인 우주선서 약 만들어 귀환했다는 '우주 신약 신호탄'이란 기사가 실렸다. 사람의 도움 없이 미국 스타트업(startup, 신생 창업기업) '바르다' 우주선에서 세계 첫 번째로 성공했다. 세계 최초 상업용 우주정거장 '액시엄 스테이션'을 개발 중인데 한국의 보령제약도 6천만 달러(약 812억 원)를 투자했다.

(『동아일보』, 2024.4.3.)

미국의 민간기업이 미 항공우주국의 과학 탑재체를 달에 배달하는 '상업용 달 택배 서비스(Commercial Lunar Payload Service, CLPS)' 첫 발사를 이르면 2024년 11월에 시작할 예정이며, 2028년에 달 전초기지를 건설할 계획이다.

중국의 창어 6호가 달의 뒷면 착륙에 성공하여, 로봇 팔 이용하여 표면을 채취했으며, 6월 25일에 지구로 귀환할 예정이다. 중국은 정부 주도로 2023년에 19조 원을 투입했다.

(『동아일보』 2024.6.5.)

달은 지구의 광산이 될까? (『아시아 경제』 김봉수 기자)

달 표토(表土)의 45%가 산소로 구성돼 있을 정도이다. 헬륨(Helium, He-3)은 방사선 오염물질이 발생하지 않는 핵융합 청정 에너지원이다. 달의 헬륨-3 매장량은 110만 톤이다. 달의 표토층에 포함된 희토류(稀土類, 지구상에는 아주 드문 원소)들은 경제적 가치가 높다. 희토류는 배터리(Battery, 전지)의 소재이다. 중국은 희토류를 전 세계 매장량의 80%를 가지고 있다. 달의 바다에는 티타늄이나 철광석이 집중적으로 분포돼 있다.

헬륨(He)은 공기보다 가벼운 비활성(불화성) 기체이기에 폭발하기 쉬운 수소 대신에 비행선, 풍선, 애드벌룬, 심해 잠수부의 산소통의 질소 대체로 이용된다. 색, 맛, 냄새가 없는 무독성

기체이다. (인터넷 구글)

달의 지각 구성은 티타늄, 규소를 비롯해 광물질이 풍부한데 중력은 지구중력의 6분의 1에 불과해 우주로 나아가는 교두보 (정거장) 삼기에 적합하다. 주요 국가들이 앞다투어 달 탐사에 나서는 이유라고 했다.

화성 (火星 · Mars)

화성은 지구에서 달까지 보다 600배 먼 곳에 있다. 지구와의 평균 거리는 7,800만 km이다. 지구는 화성 지름의 2배, 표면적은 4배, 무게는 10배가 된다. 화성의 자전축은 기울기가 지구와 비슷하여 4계절이 나타난다. 화성 표면은 낮은 대기압으로 물은 존재할 수 없다. 물도 산소도 없다. 화성 표면의 온도는 섭씨 최저-140도, 평균 섭씨 -63도, 최고 섭씨 20도 정도라고 한다. 대기의 성질은 대기압이 지구의 100분의 1 정도로 매우 낮다. 0.4 ～ 0.87, 이산화탄소 95.97%, 질소 3%, 아르곤 1.93%이다. 인터넷에는 허블 우주망원경(Hubble Space Telescope)으로 찍은 (2001.6.26.) 화성 사진이 있다. (인터넷 구글)

화성의 표면지각(地殼)

화성의 표면은 단단한 지각(地殼)이며, 현무암으로 돼 있는데 대부분이 산화철 먼지로 덮여있어서 붉은색으로 보인다. 화성의 기후와 지질조사를 위하여 탐사 차 「큐리오시티 로버(Curiosity Rover)」를 미국 플로리다주 케이프커내버럴 공군기지에서 발사(2011.11.27.)했다. 이는 자동차 크기만 한 미국의 화성 탐사 차인데, 큐리오시티가 드릴을 이용하여 화성 지표의 흙을 채취했는데 생명체 징후를 발견하지 못했다. 지구의 화산에서 보이는 노란 유황 결정을 발견했다고 한다. (화성 과학실험실, Mars Science Laboratory, MSL.)

화성의 우주자원

화성의 우주자원으로 실리콘, 산소 외에 화성 지각에서 가장 풍부한 원소는 철, 마그네슘, 알루미늄, 칼슘, 칼륨이다. 화성의 극지방은 얼음과 이산화탄소를 포함하는 얼음 지대로 덮여있다. 지질적으로 완전히 죽은 행성으로 본다. 세계의 강대국들은 달과 화성에 탐험과 채굴 경쟁을 벌이고 있다. (「기술혁신 웹진 · Webzine」) 참고로 웹진(Webzine)은 인터넷 web와 잡지란 magazine의 합성어로 인터넷 잡지이다.

화성은 지구와 달리, 화산처럼 지질학적 운동이 활발하며, 자기권(磁氣圈· magnetosphere)이 없으며, 대기가 희박하여 외부의 운석 또는 소행성들과의 충돌, 태양풍으로부터 보호받지 못한다. 우주에서 날아오는 운석도 지구에 비가 내리듯, 잦다고 한다. 그렇다면 인간이 어떻게 살아갈 수 있을까?

'화성 거주 모의실험 참가자 모집'
(『조선일보』 '슬기로운 화성 생활' 2024.3.8.)

미국의 일론 머스크는 2023년에 이어 2024년 4월 2일까지 '화성 거주 모의실험 참가자 모집'한다고 광고했으며, 2029년에 화성에 첫발을 딛고, 2050년까지 자급자족할 도시를 만들겠다고 했다. 美 항공우주국 NASA도 동참했다. 실제로 화성 개척에 나설 이들이 겪을 어려움을 미리 모의실험 하기 위하여 과학자를 모집한다고 했다.

참고로 일론 머스크(Elon Reeve Musk, 1971~, 남아프리카 공화국 출신)는 미국 기업인이며, 전기자동차 테슬라 초기 투자자이자, 미국 우주기업 스페이스 X를 창립한 인물이다. 학력은 미국 펜실베이니아 대학교(UPenn) 상경대학 와튼스쿨을 나왔다.

머스크의 '스타십' 스페이스 X 우주선(SpaceX Starship)

미국 항공 우주국(NASA)은 머스크의 '스타십' 스페이스 X 우주선 길이 121m, 화물 100t 이상 싣고 한 번에 100명 탈 수 있는 최대 우주선 스타십이 2024년 6월 6일, 미국 텍사스에서 발사하여 지구 돌고 귀환 중 타일 손상에도 로켓·우주선 모두 인도양 바다에 연착륙했다. 네 번째 귀환에 성공했다. (스타십 제원.『조선일보』2024.6.8.)

현세대는 후손에게 어떤 유산을 물려줄 수 있을까?

앞으로 어떤 형태의 인공지능(AI) 로봇이 출현할까? 인간을 닮은 휴머노이드 로봇을 경제적 큰 부담 없이 일반 가정에서도 간병인으로 일할 수 있을까?

미국의 뇌과학기업 뉴럴링크(Neuralink)가 사람의 뇌에 컴퓨터 칩 이식 수술에 성공하여 뇌졸중, 루게릭병을 앓는 환자의 생각을 읽을 수 있게 되었다. AI 시스템이 어디까지 발달할까? 달은 지구의 광산이 될 수 있을까? 달과 화성에 인간 거주지를 만들 수 있을까? 화성에는 운석이 많이 떨어진다는데…? 'AI 인공지능 시대' 인간이 만든 인공 항성, 국제 핵융합 실험로(ITER)에서 엄청난 에너지원을 만들어 낼 수 있다고 한다. 후손들을 위하여 다양한 형태의 우주개발이 성공적으로 잘 진전되길 희망한다.

책이 전해주는 즐거움

초판 1쇄 인쇄일	2025년 1월 14일
초판 1쇄 발행일	2025년 1월 24일

지은이	조영자
펴낸이	한선희
편집/디자인	정구형 이보은 박재원
마케팅	정진이 한상지
영업관리	한선희
책임편집	이보은
인쇄처	으뜸사
펴낸곳	국학자료원 새미(주)
	등록일 2005 03 15 제25100-2005-000008호
	경기도 고양시 덕양구 권율대로 656 클래시아더퍼스트 1519호
	Tel 02)442-4623 Fax 02)6499-3082
	www.kookhak.co.kr
	kookhak2010@hanmail.net

ISBN	979-11-6797-211-8 *03810
가격	18,000원